SIGNÉ PARPOT

POCKET "Nouvelles voix"

PARTAGEZ NOS DÉCOUVERTES !

Christine ANGOT
Sujet Angot
Interview
Les autres

Clémence de BIÉVILLE
Le meilleur des mariages

Marc BONNET
Sexes

Christophe DONNER
Quand je suis devenu fou
Le voile, le visage, l'âme

Marc DUGAIN
La chambre des officiers

Jean-François KERVÉAN
La folie du moment

Sylvia FOL
Vu de dos

Jean-Marie GOURIO
Chut !
L'eau des fleurs

Élisabeth HENNEBERT
Amer

Philippe JAENADA
Néfertiti dans un champ de canne à sucre

Stéphanie JANICOT
Des profondeurs...

Yasmina KHADRA
Les agneaux du Seigneur

Linda LÊ
Voix
Lettre morte

Richard MORGIÈVE
Un petit homme de dos

Jean-Pierre OTTE
Petite tribu de femmes

Xavier PATIER
La foire aux célibataires

Annie SAUMONT
Je suis pas un camion

Vincent de SWARTE
Pharricide

Jean TEULÉ
Darling

ALAIN MONNIER

SIGNÉ PARPOT

CLIMATS

ISBN : 2-266-10144-7

Le 12 août 1992

Monsieur Barthélémy PARPOT
12, rue des Lois – 31000 TOULOUSE

Monsieur le Directeur de la SEREMIP
142, rue de Périole – 31400 TOULOUSE

Monsieur le Directeur,

J'ai faim et froid, je n'ai pas d'argent, je suis logé très modestement dans un appartement et je n'arrive pas à me nourrir et à me vêtir, j'aime une fille qui s'appelle Claudine Courvoisier que j'ai rencontrée aux cours du CNAM en novembre 1990 et qui n'a pas voulu me fréquenter parce que je ne travaillais pas et que je n'avais pas d'argent. Je suis vierge et je n'ai jamais eu de rapports intimes avec les femmes, et malheureux maintenant, je ne veux plus jamais d'autres femmes car j'aime à la folie cette jeune fille Claudine Courvoisier de novembre 1990. Je n'ai jamais vécu par manque d'argent et manque de travail, l'important serait que je puisse au moins avoir ma femme Claudine car dans la vie, c'est important d'avoir sa femme qui serait Claudine Courvoisier de novembre 1990, mon épouse pour la vie. Je n'ai pas d'argent pour faire des curriculum vitae mais je peux vous dire que je suis comptable de niveau bac avec formation supérieure CNAM. J'ai 33 ans et il serait temps que je fasse ma vie comme les autres car je n'ai rien, pas ma femme, pas de nourriture, pas de vêtements, pas de meubles, pas de voiture mais tout cela peut s'enrayer si je travaille de façon définitive, pour une durée indéterminée et à plein temps. Je ne peux rien faire sans ma Claudine Courvoisier de novembre 1990 et je ne peux pas rester ainsi tout seul toute ma vie en attendant tout le monde, car je veux me marier avec ma Claudine Courvoisier de novembre 1990 et lui faire trois enfants, j'adore les enfants surtout quand ils sont les miens. Si jamais vous la connaissez, voudriez-vous m'écrire car actuellement je suis tout seul et je recherche partout dans la rue, nuits et jours ma Claudine Courvoisier et je continuerai ainsi toute ma vie jusqu'à ce que je lui parle à nouveau. Tout cela peut vous énerver Monsieur le Directeur mais moi je vais souffrir toute ma vie si je ne revois ma Claudine Courvoisier pour me marier avec elle. J'attends un emploi comptable avec de grandes responsabilités de cadre et un très bon salaire au sein de votre entreprise. Je ne travaille plus depuis des années et maintenant ça suffit car je ne peux plus attendre, je perds trop de temps et il me faut travailler à durée indéterminée. Je ne peux pas travailler selon les employeurs car, d'après eux, il n'y a pas d'embauche à durée indéterminée. Que pensez-vous de ma vie ? Dois-je attendre longtemps pour vivre ma vie comme les autres personnes qui font partie de votre personnel ? Je vous regarde Monsieur le Directeur en me posant beaucoup de questions car j'ai faim et froid, en vous priant d'agréer mes meilleurs sentiments.

Barthélémy Parpot

Le 26 août 1992

Monsieur Barthélémy PARPOT
12, rue des Lois – 31000 TOULOUSE

Monsieur le Directeur de la SEREMIP

Monsieur le Directeur,

J'ai envoyé vingt-sept lettres qui ne m'ont pas répondu, et je n'arrive pas à vivre car sans argent on ne peut pas avoir l'amour comme les autres qui ont une maison, les rideaux aux fenêtres et souvent même le livret de famille et les feuilles d'impôt qui le prouvent. Le plus important est que je retrouve ma Claudine Courvoisier de novembre 1990 que j'aime et que je lui explique que je me consacrerais à elle tout le temps sauf les heures de mon travail de comptabilité dans votre entreprise. Voudrez-vous m'aider ? Le travail est très important pour la vie mais peut-être que ma Claudine vous écoutera si vous lui expliquez que les durées indéterminées n'existent plus et aussi que je suis un garçon comme il faut qui n'a même pas eu de rapports intimes avec lui-même, ni à l'école quand on s'ennuie et qu'on attend. Il faut lui expliquer aussi que je n'ai jamais vu une femme complètement nue, que ma Claudine Courvoisier sera la première femme que je verrai en vrai sans vêtement, et que même quand j'en ai envie je vais pas voir les films exprès pour garder la surprise d'elle intacte. Je souffre de ne pas avoir de vêtements neufs pour moi et pour ma femme Claudine à qui je veux offrir les plus beaux grâce à un honnête salaire élevé et mérité par les responsabilités de comptabilité. Il faut que Monsieur le Directeur vous retrouviez mon amour, pour moi parce que j'ai pas eu de chance avec la vie et maintenant je veux que ça change grâce à vous. J'envoie cette lettre à VOUS SEUL parce que je vous regarde souvent dans la rue avec votre voiture et vos deux beaux enfants et votre jolie femme aussi quand elle accompagne vos deux beaux enfants à l'école le matin à huit heures trente-cinq. Ils ont l'air de bien manger et c'est sûr que comme moi ils sont sérieux à l'école. J'ai décidé que c'était de VOUS SEUL, et pas des autres, que dépendra ma vie car je ne peux plus attendre toutes les choses. J'ai confiance en vous priant de recevoir mes meilleurs sentiments ainsi que votre femme et que vos beaux enfants que vous devez beaucoup aimer aussi.

Barthélémy Parpot

le 29 août 1992

Monsieur Ménard
Directeur de la SEREMIP
142, rue de Périole – 31400 TOULOUSE

Monsieur Parpot
12, rue des Lois – 31000 TOULOUSE

Monsieur,

J'ai lu avec attention votre courrier du 26 courant et j'ai été très touché par les problèmes que vous traversez et que vous allez, j'en suis sûr, rapidement surmonter.

Malheureusement le contexte économique actuel ne me permet pas d'envisager une expansion significative de ma société, et je n'ai donc, de ce fait, aucune possibilité d'emploi ni à durée indéterminée, ni à durée déterminée, à vous proposer.

Je conserve toutefois votre courrier et ne manquerai pas de vous contacter si un emploi correspondant à vos qualifications venait à se libérer.

En ce qui concerne la jeune femme que vous recherchez, vous devriez vous adresser à un détective privé car en la matière je ne puis définitivement rien pour vous aider.

Recevez, Monsieur, l'expression de mes sentiments distingués.

Pierre Ménard

Le 29 août 1992

Monsieur Ménard
Directeur de la SEREMIP
142, rue de Périole – 31400 TOULOUSE

Mon cher Hervé,

Je t'envoie la photocopie de deux lettres que m'a adressées un chômeur quelque peu perturbé. Elles te feront certainement rire comme moi. Cependant les remarques sur mes gosses qui partent à l'école avec Geneviève le matin à huit heures trente-cinq, m'ont laissé une impression désagréable. C'est peut-être stupide, mais j'aimerais qu'un de tes hommes s'assure pendant quelques jours qu'un type ne rôde pas autour d'eux.

Merci, et à très bientôt

Pierre

Extrait du cahier de Bénédicte, secrétaire de direction de la SEREMIP :

30-08-92/10 h 30 :
Appel de M. Hervé Chassagne de la Gendarmerie.

Il est d'accord pour ce que vous lui avez demandé.

Le 15 septembre 1992

Monsieur Barthélémy PARPOT
12, rue des Lois – 31000 TOULOUSE

Monsieur Ménard,
Directeur de la SEREMIP

Monsieur le Directeur,

J'ai retrouvé ma Claudine Courvoisier de novembre 1990 rue d'Alsace-Lorraine devant le Monoprix où il y a l'étal des fleurs. Comme je n'ai jamais eu de chance depuis deux ans que je la cherche, je sais bien que c'est grâce à vous que je l'ai retrouvée même si elle a fait semblant de pas le savoir. Vous l'avez convaincue de me rencontrer mais il faut que vous sachiez que ma femme ne m'aime pas encore et que je lui ai dit que j'allais travailler chez vous à un haut salaire de responsabilité. En tout cas c'était une bien gentille attention de votre part de lui avoir fait porter la même robe rouge de novembre 1990, celle que j'aime beaucoup et que je demanderai au curé si elle peut la mettre pour la cérémonie au lieu du blanc. Grâce à vous je vais connaître la vie des gens et avoir de nombreux amis dans votre personnel qui doit être heureux comme votre famille. J'ai pas pu parler longtemps avec ma Claudine parce qu'elle était pressée et aussi parce que je ne savais pas comment lui dire mon amour et la convaincre qu'elle serait la reine de ma vie et de sa vie aussi, mais ce n'est pas grave car vous saurez la convaincre vu que vous êtes mon directeur et qu'elle sera bien obligée de vous écouter. Il me tarde de commencer à lui faire les trois enfants de moi mais j'en ai pas parlé non plus, j'aimerais que le premier s'appelle Barthélémy comme moi sauf si c'est une fille. Quand dois-je commencer à travailler ? L'enquête que vous faites faire sur votre personnel doit être bientôt finie, j'ai reçu votre gendarme et j'ai bien répondu à ses questions. En quittant ma Claudine mon épouse pour toujours et pour la vie, je me suis rendu compte que j'avais oublié de lui demander son adresse sans doute parce que je pensais que j'allais passer toutes ses soirées avec moi, alors je m'en suis retourné et j'ai eu la chance de la voir entrer dans un immeuble de la rue de la Trinité où il y avait son nom sur la boîte aux lettres. Grâce à vous ma vie avance et je vous prie d'avoir mes sentiments respectueux ainsi qu'à vos enfants dont votre gendarme m'a beaucoup entretenu.

Votre Barthélémy Parpot

EXTRAIT DU JOURNAL DE CLAUDINE COURVOISIER

12 septembre :

Ça y est ! Il m'a enfin remarquée. Il est sorti de son bureau au moment où je me penchais sur la photocopieuse, la jupe au ras de la mirabelle. Il en a même trébuché sur la mère Hortense qui arrivait les bras chargés de dossiers. Pas de chance Hortense ! Les feuilles blanches se sont mises à voleter autour d'eux comme des flocons de neige dans une boule de verre. Le fou rire m'a prise. Il avait l'air complètement idiot, mais le genre idiot qui m'aurait fait grimper sur la table avec la culotte sur la tête !

Puis il est parti, le sourire aux lèvres, en oubliant de s'excuser. J'ai laissé échapper un gloussement et la vioque, blanche de rage, m'a hurlé que je n'avais rien à faire à l'étage de la Direction Générale.

J'ai vite déguerpi pour pas l'aider à ramasser les feuilles. J'étais contente. Vraiment. Comme ça m'est pas arrivé depuis les lurettes. Avec la chair de poule tout le long des bras !

N'empêche qu'il ne m'a pas adressé la parole et moi, mon stage s'achève dans quinze jours. S'il lui faut trois semaines pour s'apercevoir que j'existe, trois mois pour me parler et trois ans pour me dégrafer le soutien-gorge, c'est pas demain que je serai enceinte ! Bon on verra, il faut bien commencer.

14 septembre :

J'ai fait une nouvelle incursion à l'étage de la Direction Générale et j'ai appris qu'il était souffrant pour quelques jours. Il n'y a qu'à moi que ça arrive. J'ai vingt-quatre ans, je trouve (enfin !) un type qui me plaît, je fais toutes les acrobaties possibles pour qu'il me remarque, j'y arrive et le lendemain, patatras, il est souffrant. C'est mieux que malade mais c'est quand même ridicule !

15 septembre :

Il en a pour trois jours.

J'aimerais pouvoir lui téléphoner, bavarder gentiment avec lui, rire de ses plaisanteries. Inutile de rêver : il m'est impossible de téléphoner à un monsieur que je connais pas pour lui demander des nouvelles de sa santé. Même en manque d'amour et de prince charmant comme je suis, c'est au-dessus de mes forces. Prenons plutôt son mal en patience !

En sortant de Monoprix, casse-nez sur pot de colle du CNAM. Fallait bien que ça m'arrive un jour. C'est déjà un miracle d'avoir passé deux ans sans me prendre la jupe sur cette ronce. Ces yeux bleu délavé, transparents, me glacent comme avant. Même un merlan a des mimiques plus expressives que lui. Enfin j'ai réussi à le semer vite fait. Il m'a bégayé qu'il allait m'épouser et ça m'a mise de très mauvaise humeur. Je suis titounette et mignonette, et je veux plaire aux jolis garçons. J'en ai marre des moches qui se mettent le doigt dans le nez, des radins qui recomptent trois fois les additions de 36,50 francs, et de tous les grands seigneurs qui m'invitent à dîner à la cafétéria de Carrefour. C'est désespérant à la fin !

Toulouse le 16 septembre 1992

Hervé Chassagne
Gendarmerie Nationale

Pierre Ménard

Mon cher Pierre,

Je t'envoie le rapport que j'ai fait établir sur Barthélémy Parpot. Sa lecture te tranquillisera.
On vous attend comme convenu le 30 pour dîner avec les Faverolle et fêter l'anniversaire de Christiane.

Amitiés

Hervé

RAPPORT D'ENQUÊTE
SUR BARTHÉLÉMY PARPOT

FG/15.09.92/N° 262.67

1 – Curriculum :

Né le 14 juin 1959, à Béziers (Hérault), d'un père cheminot et d'une mère sans profession. Études primaires brillantes, reçoit trois prix d'excellence. Entre en sixième en 1970, année où son père est écrasé par un boggie de locomotive. Manifestations violentes de la CGT après l'accident.

Dès lors, vie dissolue de la mère (sorte d'égérie sexuelle des gauchistes biterrois). Études secondaires pénibles. Plusieurs fugues. Bac professionnel à 22 ans. Refuse de travailler dans l'entreprise de chaudronnerie de son oncle.

Mène depuis cette époque une vie de marginal : petits travaux, drogues douces, pas d'amis, fréquentation de squats, cours du soir et stage d'insertion. Vit grâce au RMI, à l'argent envoyé irrégulièrement par sa mère, et à quelques services rendus à son entourage.

Relations suivies avec son frère cadet, Mathieu, actuellement militaire à Cahors.

2 – Compte rendu de filature :

Quatre jours de filature sans que jamais il n'aille tourner autour des enfants ou de la femme de M. Ménard.

Vagabonde dans la ville, passe des heures devant le CNAM.

Fréquente quelques cafés mais ne boit pas d'alcool.

Habite une chambre de bonne dans un immeuble délabré. Mal meublée, sans eau et sans électricité.

3 – Compte rendu de rencontre :

Rencontré dans un café de la place Bachelier. Peu craintif, content qu'on s'intéresse à lui.

Propre, assez bonne présentation si l'on considère le contexte de sa vie. Élocution hésitante, idées obsessionnelles, répétitives. Un air naïf, une certaine lenteur dans ses gestes. Peut inspirer la sympathie.

Persuadé que Pierre Ménard s'occupe de lui.

Connaît effectivement les enfants et la femme de M. Ménard. Difficile de savoir comment il s'est intéressé à eux mais il est sûr qu'il les a longuement observés. Impossible de savoir s'il y a longtemps ni comment cela a commencé. Peut-être a-t-il fortuitement connu M. Ménard sans que ce dernier en garde le souvenir.

Ne semble pas accorder beaucoup d'importance à cette famille, il la cite dans ses lettres pour « faire plaisir au Directeur ». Cette manie de flatter est d'ailleurs l'une des principales composantes de sa conversation.

Évoque souvent et confusément une certaine Claudine Courvoisier qu'il veut épouser.

4 – Conclusion :

Il s'agit à mon avis, d'un inadapté social inoffensif, voué à la clochardisation. Il semble encore posséder un certain respect de sa personne, mais il n'a plus l'assise pour redémarrer dans une vie normale.

Faut-il poursuivre les investigations ?

Le 18 septembre 1992

Monsieur Ménard
Directeur de la SEREMIP
142, rue de Périole – 31400 TOULOUSE

Mon cher Hervé,

Je tenais à te remercier, par ce petit présent, du service que tu m'as rendu. Inutile de poursuivre cette enquête, car me voilà maintenant rassuré, mais crois-moi, j'étais bien plus inquiet que je ne l'ai laissé paraître. Il y a tellement de fous partout !

À bientôt pour l'anniversaire de Christiane,

Pierre

EXTRAIT DU JOURNAL DE CLAUDINE COURVOISIER

20 septembre :

Aujourd'hui ça aurais dû être la Sainte Claudine. Journée incroyable ! Du beurre sur du miel ! Mais reprenons au début parce que pour une fois qu'il m'arrive vraiment quelque chose, je vais pas me priver de me le raconter en détail.

Alors, le joli stylo de mon anniversaire, l'encrier de ma grand-mère et je m'applique parce que ça me fera vachement plaisir de relire tout ça si l'hiver, morne plaine etc.

Donc ce matin j'apprends qu'Henri est de retour. Je compte ni une ni deux, je file à la machine à café, j'attrape deux gobelets en plastique et je fonce dans son bureau. Quand je réfléchis, je suis moins naturelle. N'empêche qu'une fois devant lui, je me suis sentie très bécasse. Je savais plus quoi dire ! Il a levé les yeux vers moi. Ils étaient verts comme l'eau du Pacifique et doux comme du sirop de menthe. Il portait une chemise bleu ciel à manches longues et une cravate foncée parsemée d'oies blanches. Il s'est tranquillement calé contre le dossier de son fauteuil, il a joint ses fines mains bronzées devant lui et a commencé à me dévisager. Mais sans arrogance, juste avec un peu d'étonnement dans les fines rides qui bordent déjà son regard. Moi j'étais là à trépigner bêtement devant lui ! Son sourire ne me quittait plus, il semblait même chercher à m'encourager. La bonté m'a toujours paru suspecte. Celle que je devinais dans ses yeux, me donnait envie de filer au plus vite.

« Que puis-je pour vous ? » J'ai été stoppée net. Paniquée ! La langue tétanisée. Impossible de trouver la moindre réplique. Les romans de Françoise Sagan

ne servent à rien dans la vraie vie. Heureusement que la sonnerie du téléphone est venue à mon secours ! Il a décroché, puis ses sourcils se sont froncés et il m'a demandé poliment si je pouvais sortir quelques instants. Je me le suis pas fait répéter. J'ai descendu quatre à quatre les deux étages jusqu'à mon bureau. Ça tombait bien vu que la mère Hortense qui supporte de plus en plus mal mes absences, commençait déjà les recherches. « Où étiez-vous encore fourrée ? » m'a-t-elle lancé de sa voix nasillarde de vieille fille. « Fourrée, j'aimerais bien », j'ai ricané. Heureusement qu'elle entend mal ou qu'elle pige à retardement, sinon je pourrais aller finir mon stage dans le bistrot d'en face.

Une fois assise, j'ai commencé à attendre qu'il m'appelle tout en espérant qu'il ne le ferait pas. J'avais le bourdon qui grouillait dans ma tête. De plus en plus fort, comme quand il veut faire mal. Comme à l'internat quand il tournait des heures entières et que je croyais l'écraser en me tapant la tête contre le mur.

Tout y est passé : les surveillantes qui se donnaient tant de mal pour rien comprendre, l'hôpital, l'Autre Moi-Même enfermée dans sa cellule, les vieux dégueulasses du bar de l'Opéra. Et moi qui ne plairai jamais aux garçons séduisants, moi qui suis si mignonne mais trop bête pour intéresser les hommes sensibles et intelligents.

Tout. Je me suis tout dit jusqu'à midi, jusqu'à ce que les oies sauvages se pointent là devant moi dans mon bureau. Je les avais même pas entendues entrer. J'ai posé mes lunettes en catastrophe, remonté discrètement la bretelle de ma robe, et affiché mon sourire le plus angélique.

Il m'a demandé si on pouvait déjeuner ensemble. Je me suis pensé « pardi ma cousine » mais j'ai simplement répondu « oui », et nous sommes descendus à la cantine de l'entreprise. J'avais espéré autre chose mais c'est à cause de ma manie d'aller trop vite. Henri, lui, ne se brûlera pas aux étapes. Il y a de la lenteur dans tout ce qu'il fait. C'est étonnant parce qu'il est jeune et plutôt viril comme les gens pressés, mais c'est finalement agréable.

La file d'attente fut un enfer, il m'observait en silence, regardait autour de lui – visiblement c'était la première fois qu'il déjeunait là –, et moi vu l'ambiance de la matinée, j'étais pas en forme pour aller pérorer à tout vent.

Pourtant, une fois installés à table, le miracle s'est produit : il s'est mis à bavarder avec naturel et gentillesse, sans prononcer de gros mots ou d'expressions vulgaires. Tout ce qu'il disait semblait d'avant-hier mais c'était si charmant que j'avais envie que ça dure longtemps. Il disait pas « ma mère » mais « maman », et quand j'ai tombé ma serviette, il m'a chuchoté « Non, quand j'ai fait tomber ma serviette ».

Il m'a beaucoup parlé de sa famille. Il s'appelle exactement Henri d'Hauricourt, et il a un Maréchal de France dans son arbre généalogique. Moi, j'ai rien à opposer à ça. Ni dans la famille de mon père, ni dans celle de ma mère – pardon dans celle de maman –, bien que l'Assistance Publique soit aussi une grande famille. Il m'a expliqué que l'UNESCO l'avait détaché six mois à Toulouse pour rédiger un mémoire sur la Renaissance dans le bassin méditerranéen. J'ai oublié pourquoi. Il m'a aussi parlé de ses amis au Quai (OK ?), de la Villa, de la Fondation Guggenheim. Je ne comprenais pas tout, mais sa voix à peine éraillée me berçait agréablement. Je ne l'écoutais pas vraiment. À la vérité, je n'ai retenu qu'une seule chose : Henri ne portait pas d'alliance, et comme ce devait être le genre à préférer se faire arracher le doigt plutôt que de retirer un anneau béni, j'en ai déduit qu'il n'était pas marié. Et de me dire « Claudine, ma Didine, il faut pas laisser passer ta chance ! »

Je portais ma robe hypermoulante en strecht noire,

décolletée sur les dentelles de mon balconnet (bronzé c'est bien joli) et peut-être un peu ras des fesses au goût de l'aristocratie. Henri, lui, ne se privait pas de zyeuter à la dérobée mes jolis petits seins, sans se tracasser de leurs quartiers de noblesse.

Nous en étions gentiment arrivés au café et Martine qui m'avait repérée depuis longtemps, n'a évidemment pas pu s'empêcher de rappliquer. Je l'aurais noyée dans ma tasse, non pas qu'elle puisse me faire de l'ombre mais elle est tout le temps à se mêler de moi et c'est insupportable.

Bref « mon » Henri s'est tu instantanément, et Martine a commencé à faire sa maligne et à exhiber les multiples facettes de son illustre personne. Deux minutes plus tard, Henri s'est levé sans explication. Il n'a même pas attendu le prétexte d'une pause. Au passage il m'a glissé un discret « À plus tard ! » dont Martine ne s'est toujours pas remise, et il est sorti. Sans penser à emporter son plateau-repas.

Plus tard, il a été tout le temps occupé. Mais je ne lui en ai pas voulu car j'avais fait une grande provision d'histoires à me raconter.

Vivement demain !

21 septembre :

J'ai pas pu le voir de la journée... Réunion et rendez-vous et déjeuner de travail. L'homme débordé.

Par contre en sortant, guet-apens de Parpot. Il veut toujours se marier avec moi et avoir un certain Médard comme témoin. Et moi je veux être impératrice d'Autriche du Nord !

Le 21 septembre 1992

Monsieur Barthélémy PARPOT
12, rue des Lois – 31000 TOULOUSE

Monsieur Ménard, Directeur de la SEREMIP

Monsieur le Directeur,

J'appelle souvent au téléphone mais la voix de votre secrétaire dit que vous êtes pas là, mais je vous ai vu sortir dans votre grande auto grise et même revenir avec vos beaux enfants. Il faudra que vous vous sépariez de cette femme qui ment au téléphone et dans les lettres qu'elle rédige à votre place. Ce pourrait être très grave si j'avais pas confiance en vous comme moi. J'attends maintenant le travail qui me permettra d'épouser ma Claudine Courvoisier de novembre 1990 car elle m'aimera dès que je serai fréquentable avec de l'argent et de l'avenir. J'espère que vous n'êtes pas agacé de la conjoncture économique indéterminée mais il faut bien que vous me donniez du travail. Il me tarde de connaître mes collègues de votre personnel, ma Claudine et moi on s'entendra bien avec eux pour les recevoir et qu'ils nous reçoivent aussi. J'attends votre réponse avec beaucoup d'impatience bien que je sois très patient, et que je comprends bien les problèmes de conjoncture des entreprises parce que je suis comptable de niveau supérieur ce qui oblige bien sûr à comprendre les problèmes. Il faudra au début me payer le salaire mensuel avec de l'argent liquide car je n'ai pas de banquier à qui je fais confiance, mais après je voudrais bien faire confiance à votre banquier. Je vous remercie d'avance pour ce que vous avez déjà fait et la suite, et en vous remerciant pour ma nouvelle vie,

Votre Barthélémy Parpot

MOT DÉPOSÉ DANS LA BOÎTE AUX LETTRES DE CLAUDINE COURVOISIER

Voici le formulaire et la liste de toutes les pièces qui sont indispensables pour le mariage. La dame de la mairie m'a dit que nous devons aller la voir ensemble quand nous aurons réuni toutes les pièces et passé la visite médicale. Elle a dit aussi qu'en faisant vite on pourrait se marier en Novembre ce qui serait bien parce que Novembre est le mois le mieux de tous à mon avis.

Barthélémy Parpot

EXTRAIT DU JOURNAL DE CLAUDINE COURVOISIER

22 septembre :

Deux heures du matin.

Henri vient de partir de chez moi.

Je suis épuisée, épuisette, et toute excitée. Il faut que je me le raconte tout de suite parce que si je m'endors, j'oublierai des détails. De la praline de détail !

Ce matin donc, maquillage, brushing, jolis accessoires, habits de bon goût et je commence à l'attendre. À compter toutes les minutes. Une par une. Sans quitter une seule fois mon bureau. À cinq heures, il n'était toujours pas venu me voir. Fallait certes pas le brusquer mais fallait pas non plus le laisser s'endormir. Bref me revoilà entrant dans son bureau, la réplique amusante au bout des lèvres, lorsque je me suis soudain rendue compte que je le vouvoyais. Henri, lui, dirait « voussoyais ». Voussoyais donc, moi qui tussoyais tout le monde dans cette boutique, ça m'a figée sur place. Heureusement qu'il a esquissé un sourire furtif en me voyant entrer et qu'il a été gentil comme tout.

Il m'a expliqué qu'il traduisait un manuscrit qu'un certain Père Dom Clément lui avait confié mais que ça n'avait rien à voir avec son mémoire pour l'UNESCO. Il m'a parlé de plein de choses, de l'Art, de la beauté du Catholicisme, du corps des Femmes de la Renaissance. On dirait qu'il sait tout, pourtant il répète que le plus important est de s'intéresser aux gens qui nous entourent quelle que soit leur condition. Ça tombe plutôt bien ! Il m'a aussi lancé une citation de Dom Clément en latin. Je l'ai pas comprise mais ça m'a permis de lui demander qui était ce type. Il m'a répondu « le Père dominicain qui me guide et me conseille depuis l'âge de onze ans », et devant mon air accablé, il a cru bon d'ajouter en souriant : « Cela n'empêche pas de faire les bêtises dont on a très envie. » Et tout ça avec une gentillesse qui n'a rien à voir avec l'hypocrisie des garçons qui cherchent d'habitude à me draguer.

Je ne l'ai plus quitté jusqu'à l'heure de la sortie, et dès que le brouhaha des couloirs s'est apaisé, je l'ai embarqué vers la terrasse d'un café ensoleillé. Chemin faisant, il s'est mis à me poser des questions sur ma vie. Je répondais du bout des lèvres mais il m'écoutait avec tellement d'attention et de bienveillance que je brûlais d'envie de tout lui raconter. C'était la première fois que quelqu'un m'écoutait comme ça. Ça fait bizarre ! Il avait un air penché, enroulé autour de moi et si indulgent que j'aurais pu lui dire que j'étais la petite-fille d'Hitler qu'il aurait trouvé ça épatant ! Je crois quand même que j'ai eu raison de ne pas lui dévoiler mes secrets. Il faut du temps pour tout.

Une fois assise, je me suis délibérément tue. Après tout, il fallait aussi qu'il se la gagne la jolie petite Claudine. J'allais pas tout organiser tout le temps ! À lui de se creuser la méninge, de m'intéresser, de me faire rêver, de m'emmener dans les pays inconnus... Je dois reconnaître qu'il commençait à s'y mettre sérieusement quand Barthélémy Parpot du CNAM nous est tombé dessus.

Il portait un costume gris usé aux manches, une chemise beige au col ouvert et des chaussures de bateau un peu trop larges mais l'ensemble restait présentable si ce n'était ces longs cheveux bruns ridiculement attachés par un élastique bleu.

Personne ne me croira, mais Henri a été fasciné par ce type. Pire quand Parpot, fou de jalousie, s'est mis à me faire une scène, Henri s'est levé et lui a présenté ses excuses. Là j'ai dit « Ma petite Claudine, ou tu fais un très gros cauchemar ou il te faut agir ». J'ai compté ni trois ni quatre, j'ai accroché mon Parpot par la manche et je l'ai entraîné à l'écart. Je lui ai dit que c'était mon patron et que s'il me faisait perdre mon boulot, je ne le reverrais plus jamais. Il a paniqué. Après l'entrée froide, je lui ai servi le plat chaud : une grosse bise sur la joue, et la poussette pour qu'il déblaie les lieux au plus vite. Il a pris l'air du ravi de la crèche et il est miraculeusement parti ! Sans même se retourner.

« Ainsi vous êtes sa Claudine de novembre 1990 », m'a lancé Henri quand je suis revenue m'asseoir. J'ai pas su deviner s'il se moquait de moi ou si c'était de la conversation mondaine. Peut-être de la politesse à la manière de ses ancêtres. Bref ça commençait à devenir trop subtil pour moi, et j'ai donc décidé d'éclater en sanglots. Il n'a plus fait le malin, zozo d'Hauricourt. Entre deux sniffettes, je lui ai monté un gros mensonge et je me le suis ramené chez moi, mûr à point.

Petit dîner à ma façon, bougies en veux-tu en voilà, musique à la renverse-moi et chemisier noir légèrement transparent sur les jolis bronzés. Lumière d'ambiance tamisée exprès pour souligner mon regard pétillant. D'après les hommes, l'alcool me dilate les pupilles ! Bref à onze heures je commence à étinceler, et trois armagnacs plus tard à minuit, mes yeux sont de véritables lance-flammes.

Dans ces moments-là, ils disent tous que je suis irrésistible !

23 septembre :

Je change de jour car minuit était passé.

C'est important s'il doit y avoir anniversaire.

Henri m'a pris la main le 23 septembre, et pas le 22.

Jusque-là une fille moins romantique que moi aurait pu trouver tout ça un peu long, mais après c'est allé très vite. Le chemisier sur la tablette, le soutien-gorge j'en avais pas, la jupette sur la moquette, et me voilà me trémoussant dans ma petite culotte à fleurs qui atterrit presque aussitôt sur la télé. Pour le coup, j'étais un peu déçue qu'il n'apprécie pas tout ce que je peux donner de moi-même dans l'avant-dernière situation. Mais bon tant pis pour lui ! Je devenais cependant méfiante pour la suite, redoutant le genre « Trois petits tours et puis s'en va ».

Mais non ! Mon Henri a commencé à vraiment s'occuper de mon petit ego. Avec des douceurs et une application que je n'avais jamais rencontrées en six ans de carrière. Caresses, mots tendres, baisers légers, tranquillité, humour, présence, relaxation. C'était plus de l'amour, c'était du bien-être à l'état pur. À tel point que je ne ressentais plus le besoin d'être à la hauteur. J'ai tout laissé aller comme ça venait. Ça a duré longtemps, longtemps, et quand les feux se sont calmés, on est resté l'un contre l'autre à se caresser, comme si c'était naturel. J'aurais voulu que ça ne finisse jamais.

La remontée a été pénible. Il faut de nombreux paliers de respiration pour revenir à la tristesse des choses quotidiennes. Je me suis rhabillée avec l'envie de me déshabiller, mais Henri avait le départ fermement programmé. Je l'ai embrassé une dernière fois, il avait déjà la main posée sur la poignée de la porte et il a fini par l'ouvrir. Et juste derrière, sur le palier, allongé en travers, dormait Barthélémy Parpot. Le choc ! Henri voulait le réveiller et moi, je voulais qu'il l'enjambe et qu'il referme la porte sans bruit. Finalement on a décidé que je refermerais la porte et qu'ensuite Henri le réveillerait. J'ai suivi la scène par l'œilleton. Ils se sont mis à palabrer, à s'agiter puis ils sont partis bras dessus, bras dessous.

Cet Henri est un étonnement perpétuel ! N'empêche que j'aurais donné cher pour savoir ce qu'ils pouvaient bien se raconter.

26 septembre :

Je suis au bord de la crise.

Henri, comme il me l'avait dit, est parti travailler quinze jours à Florence. Sauf qu'il ne me l'a pas dit avant, mais après ! Ça n'aurait certainement rien changé, mais c'est pour le principe !

Donc, il me fait l'amour, il file faire sa valise (je l'ai pas écrit l'autre soir parce que ça gâchait un peu le tableau) et hop dans le train.

Il a oublié de m'emmener, de me téléphoner, de m'envoyer une petite carte, etc.

Quand j'y repense, je ne suis plus sûre de rien. Peut-être que malgré son air sincère et ses bonnes manières, il est comme tous les autres qui changent de pâtisserie dès qu'ils ont obtenu leur petit dessert. Mon fameux 23 septembre ne sera finalement que la date d'un jour qui s'est achevé à minuit.

Pendant ce temps, Parpot me répète mille fois par jour que je suis sa « Claudine Courvoisier de Novembre 1990 » au cas où je le saurais plus. Et quand je l'envoie d'où il n'aurait jamais dû sortir, il me dit que M. Ménard de la SEREMIP va m'expliquer pourquoi je vais l'épouser. Il paraît même que c'est grâce à lui que nous nous sommes retrouvés.

Si je tiens ce Ménard de la SEREMIP, je le trucide.

De toute façon, je vais bientôt décider de déprimer !

EXTRAIT DE L'ANNUAIRE
DE HAUTE-GARONNE :

TOULOUSE SEC / **873**

SECIRAT 147 av Minimes 61 23 24 24
SECOLT Richard 3 r Maine ... 61 55 49 67
SECOMA 85 r J. Bertin 61 22 68 58
SEGOGI 5 Ch Lassale 61 23 01 59
SEREMIP 142 r Périole 61 21 44 94
SERRANO Luis 1 r Islande ... 61 11 01 01
Maria 5 av Gloire 61 23 19 49
50 rue Gambetta ... 61 21 99 94
.... 61 80 88 25
.... 61 23 09 26

Le 27 septembre 1992

Claudine Courvoisier
8, rue de la Trinité – 31000 TOULOUSE

Monsieur Ménard, Directeur
142, rue de Périole – 31400 TOULOUSE

Monsieur,

Je ne vous connais pas mais il paraît que vous me connaissez et que c'est à vous que je dois :

1° d'avoir Barthélémy Parpot qui dort sur mon palier

2° d'avoir mon nom peint sur les murs de mon quartier avec des « je t'aime » d'un mètre de hauteur

3° de ne plus pouvoir sortir sans avoir ce type collé à mes bottes (encore heureux que j'ai pas le téléphone)

4° de devoir me marier et de faire trois enfants dont vous seriez le parrain

5° et accessoirement d'avoir mon petit ami monopolisé par votre protégé.

Je vous conseille donc vivement de calmer votre ami, et de lui sortir de la tête les idées que vous lui avez mises. Parce que si ça continue, je vais m'en mêler et je vous jure que vous allez être stupéfait par tout ce que je vais inventer pour vous gâcher l'existence.

À bon entendeur,

C. Courvoisier

28 septembre 1992

Monsieur Pierre Ménard
Directeur de la SEREMIP
142, rue de Périole – 31400 TOULOUSE

Claudine Courvoisier
8, rue de la Trinité – 31000 TOULOUSE

Chère Claudine Courvoisier de novembre 1990,

J'ai bien reçu votre lettre du 27 courant, qui m'a, je vous l'avoue, bien amusé.

Je comprends votre désarroi mais hélas, ou plutôt heureusement, je ne compte pas Barthélémy Parpot parmi mes amis.

Je n'ai jamais vu cet individu mais simplement reçu deux lettres de sa part dans lesquelles il me demande un emploi tout en m'entretenant de sa passion pour cette « Claudine Courvoisier de novembre 1990 ».

Le hasard a voulu qu'il vous rencontre dans une rue et que son esprit dérangé noue un lien entre cette rencontre et le courrier qu'il m'avait adressé.

J'aurais eu beaucoup de plaisir à rencontrer une femme capable d'inspirer une telle passion, mais ne souhaitant pas me mêler d'affaires privées qui ne me concernent pas, je vous prie d'accepter tous mes vœux de bonheur.

Respectueux hommages,

Pierre Ménard

29 septembre 1992

Claudine Courvoisier
8, rue de la Trinité – 31000 TOULOUSE

Monsieur Ménard
142, rue de Périole – 31400 TOULOUSE

Monsieur,

Il me semble que vous êtes plus fort pour vous payer ma tête par courrier que pour me répondre au téléphone.

Puisque après douze tentatives (je les ai comptées), vous refusez toujours de me parler, je vais demander à notre ami commun, ce cher Barthélémy Parpot, de s'occuper de l'honneur de sa future et tendre épouse. J'ai déjà plein d'idées sympas à lui soumettre.

Vous allez bientôt comprendre comme c'est agréable de ne plus pouvoir sortir en ville sans avoir Parpot dans les jambes.

J'espère que vous garderez assez d'humour pour m'écrire, dans quelques semaines, une lettre aussi marrante que la dernière que vous m'avez envoyée.

Bon courage,

Claudine Courvoisier

29 septembre 1992

Claudine Courvoisier

Barthélémy Parpot
12, rue des Lois – 31000 TOULOUSE

Barthélémy,

Je ne t'épouserai jamais parce que je te hais.

Je te hais parce que j'ai perdu ma virginité à cause de toi !

Inutile de rouler tes gros yeux et de tirer sur ta tresse.

Lis plutôt, si tu n'es pas trop lâche, l'histoire horrible qui m'est arrivée il y a trois semaines par ta faute. Tu comprendras qu'il ne pourra plus jamais rien y avoir entre nous.

C'était un vendredi soir. Il était dix heures et on sonne à ma porte. Je sursaute puis je m'inquiète car je ne reçois jamais personne après huit heures. En tout cas pas de garçons car on ne sait jamais. J'ouvre en laissant bien la chaînette de sécurité accrochée, et je vois un monsieur d'une quarantaine d'années, cheveux grisonnants, en blazer bleu marine et cravate rayée, qui trépigne sur le seuil. Sur l'instant j'ai cru qu'il s'agissait d'un marchand d'assurances pour la vie. Je lui dis que je n'ai besoin de rien et il me répond textuellement « Je n'ai rien à vendre, ni à acheter sauf peut-être le bonheur d'un de vos amis ». Sa voix était grave, il paraissait bienveillant mais tu vas bientôt t'apercevoir qu'il l'était pas. J'ai dit « Quel ami ? ».

« Barthélémy Parpot. » J'ai pas tout de suite réagi. « Vous l'avez rencontré en novembre 1990 au cours du CNAM » qu'il me dit avec son regard cajoleur. « Ce brave Barthy » je m'exclame soudain confiante, et d'enlever la chaînette, et d'ouvrir toute grande ma porte. Il est entré avec l'air conquérant des types fiers de leur bagnole neuve, puis il a autoritairement refermé la porte derrière lui et s'est présenté : Pierre Ménard, directeur de la SEREmachin et futur bienfaiteur de Barthélémy Parpot.

Je dis que je suis contente pour toi et il me rétorque aussi sec « Barthélémy est épris de vous, il souhaite vous revoir ». Moi je dis oui, c'est vrai qu'à ce moment-là, ça m'aurait rudement fait plaisir de te rencontrer. Une demi-heure plus tard, j'aurais hurlé si tu avais franchi la porte.

Je lui offre un verre parce que je croyais alors que les amis de mes amis étaient mes amis. Depuis j'ai compris ! Bref, nous nous asseyons sur le canapé et il commence à me raconter ton histoire. Moi je murmurais sans cesse « Pauvre Barthy ». Tu me connais sensible et bon cœur comme tout. Et je fais pas attention qu'il est en train de me coincer contre l'accoudoir. Et là, soudain, sans compter ni cinq ni six, le voilà qui se jette sur moi.

Je me suis débattue mais il était plus fort que moi. Sa grosse main me tirait les cheveux en arrière, et de l'autre il arrachait les boutons de mon chemisier. Puis le soutien-gorge. Et il m'a pincé le téton très fort (j'ai encore la marque). J'ai hurlé mais il avait pris soin de monter la radio et personne ne m'a entendue. Il m'a collé deux claques si terribles que j'ai cru que mes dents s'étaient décollées de mes gencives. « Je vais faire le bonheur de ton Barthélémy mais avant je vais faire le mien et si tu y mets du tien, tu seras pas oubliée non plus ! » Ce salaud se prenait pour le père Noël et moi je dégustais noyée dans les bonheurs de tout le monde. Pas le temps de répliquer qu'il me retourne et me remonte la jupe jusqu'aux oreilles. Vu que je continue à hurler, c'est ma culotte entre mes dents. Puis il a mis sa grosse main poilue d'homme entre mes jambes. Tu lis bien Barthélémy, sa grosse main poilue entre mes jambes... Et puis y a eu la grande douleur qui m'a déchiré le ventre. « De la part de Barthélémy Parpot » qu'il a crié. Je ne le voyais pas. La douleur me taraudait à chacun de ses coups de boutoir qu'il ponctuait inexorablement par ses « De la part de Barthélémy Parpot ». Je ne savais plus qui me violait de lui ou de toi.

Je te hais. Je te hais parce que si tu n'avais pas demandé à ce type de me retrouver, aujourd'hui je serais prête à me marier, encore vierge et innocente et espérant, alors que par ta faute tout est gâché. Gâché à jamais.

Celle qui ne pourra plus jamais
être ta Claudine de Novembre 1990

EXTRAIT DU JOURNAL DE CLAUDINE COURVOISIER

30 septembre :

J'ai posté ma petite bombe hier soir. Je ne suis pas mécontente de moi. Faut dire que j'ai toujours été douée pour les mensonges. Je me rappelle les raclées que me filait papa quand je lui racontais comment ses amis me tripotaient dès qu'il avait le dos tourné. Le malheureux était excédé par tant d'imagination. Il répétait sans cesse « Mais elle n'a que huit ans ! » et l'Autre Moi-Même riait aux éclats jusqu'à ce qu'elle ramasse elle aussi ses deux gifles. C'était avant son appendicite, quand elle applaudissait encore des deux mains.

Hier matin j'ai une dernière fois essayé de téléphoner à Ménard pour le convaincre de parler à Parpot. Nouveau blocus de la secrétaire qui m'a dit avec un accent pointu made in Carcassonne : « Je vais voir si M. Ménard est là. » Comme si elle le savait pas ! Puis elle a fait exprès de pas mettre la main sur le téléphone pour que j'entende. Quand elle lui a annoncé que c'était moi, il a crié : « Dites à cette pétasse qu'elle se laisse sauter par le débile et qu'ils ne nous emmerdent plus ! » Voilà ce qu'il lui a crié.

J'ai ruminé cette phrase toute la journée. Mais maintenant il va comprendre. Il va avoir droit aux lettres, aux insultes, aux disputes dans la rue... Et si mon Barthélémy s'avise de me relire, je suis sûre qu'il lui mettra un vrai bon coup de poing dans la figure.

30 septembre, le soir :

Cet après-midi, j'ai soudain eu la trouille d'être allée trop loin avec pot de colle. Je ne sais pas pourquoi.

Comme un pressentiment qui m'a peu à peu serré la gorge.

Je ne me souviens plus des détails de ma lettre. Seulement que j'étais en train de l'écrire quand Martine est arrivée avec du Gin et du Coca. On a bu et rigolé. On a pris une autre feuille blanche, d'autres verres d'alcool, et j'ai déversé ma haine contre Ménard et contre tous les types qui ont un jour profité de moi.

1er octobre :

Toujours pas de lettre d'Henri dans la boîte en rentrant ce soir.

J'ai envie de pleurer. Il avait l'air si gentil, si tendre. Il m'a si bien caressée avec ses mains et avec ses mots d'amour. Mes oreilles frissonnent encore de ses murmures. Et après l'amour, tout ce qu'on s'est raconté, on n'était pas obligés si c'était juste pour s'envoyer en l'air. Je veux qu'il m'écrive, qu'il me téléphone, qu'il pense à moi. J'ai vraiment besoin de lui !

2 octobre :

C'était mon dernier jour de stage. La vioque était radieuse de se débarrasser de moi. Moi ça m'est égal, leur travail ne me plaît pas. Mais je ne pourrai plus voir Henri « par hasard ». C'est pas possible qu'il ne m'envoie pas au moins une carte. Je demande que trois mots et sa signature.

1er octobre 1992

Henri d'Hauricourt
Villa Della Signoria
2, via delle Terme – FIRENZE

Claudine Courvoisier
8, rue de la Trinité – 31000 TOULOUSE

Ma chère et tendre amie,

Florence est merveilleuse ! Je profite d'un temps tel que je vous écris près de ma fenêtre ouverte dont j'ai baissé le store afin que les rayons de soleil ne frappent ma feuille. Hier soir j'ai flâné sur les rives de l'Arno comme je le ferais le long des quais de la Garonne à Toulouse. Il ne me semble pas d'endroit où il serait plus doux de se sentir vivre.

Je me rappelais avec beaucoup de douceur les choses que l'autre soir vous avez eu la bonté de me dire et celles que vous m'avez presque confiées. Je n'ai jamais senti autant combien une rencontre peut être bouleversante et un attachement soudain. Comme je comprends ce fou qui vous importune aux terrasses des cafés ! En vous quittant l'autre nuit j'ai longuement bavardé avec lui, il raconte tellement de belles choses sur vous que j'ai voulu être son ami.

Permettez-moi de vous dire, cher ange, que je vous aime et que je m'afflige d'être éloigné de vous. Quand vos pensées, vos paroles ou vos gestes ne seraient qu'un simple spectacle, je sens déjà combien cette séparation est pour moi la plus pénible des privations.

J'ai quitté la France avec la plus vive impatience de revenir près de vous. Je ne souhaite pas que vous me téléphoniez, car je me languis déjà de vous lire.

À très bientôt,

Votre dévoué Henri

CARTE POSTALE ADRESSÉE AU PÈRE DOM CLÉMENT – PETITE ABBAYE DE DOURDAN

Meilleur

Souvenir

de

Florence

Fra Angelico

1er octobre 1992

Père,

Que j'aurais aimé partager avec vous les doux sourires de ces madones de Fra Angelico ! Nous aurions certainement retrouvé ici un de ces moments privilégiés où j'aimais tant vous écouter parler de l'art et des choses de l'âme.

Florence la rose, ses cloîtres et la fraîcheur de ses musées conviendraient si bien à nos lentes déambulations et à l'humanisme de vos leçons.

Je vous écrirai prochainement pour vous demander encore quelques conseils et profiter de votre discernement.

Dans l'attente, soyez assuré, Père, de mon toujours très fidèle et très dévoué souvenir.

Henri d'Hauricourt

TEXTE DE L'AFFICHE PUBLICITAIRE COLLÉE EN FACE DU 12, rue des Lois

Le 1er octobre 1992

Monsieur Barthélémy Parpot
12, rue des Lois – 31000 TOULOUSE

Monsieur le Directeur de la SEREMIP

Monsieur le Directeur,

J'ai mal partout dans ma tête jusqu'au bout des yeux et au fond des cheveux. Je voudrais que tout s'arrête, et aussi mes larmes qui me brûlent à force de couler et les jours et les nuits sans arrêt.

À cause de vous qui m'avez promis de m'aider, j'ai honte ; de mon nom qui est aussi celui de ma mère et de mon père et de mon frère que j'aime tous beaucoup. J'ai compris pourquoi votre secrétaire dit que vous n'êtes jamais là quand je dis « de la part de Barthélémy Parpot ». Je me demande si vous le lui avez fait à elle aussi, et ce que vous avez dû lui dire. Je n'appellerai plus jamais puisque je ne serai jamais de votre personnel, et que je hais mes collègues et votre femme, Madame Geneviève, et vous surtout. Que direz-vous si je fais à votre épouse, Madame Geneviève, ce que vous avez fait à ma Claudine de Novembre 1990 qui ne sera pas mon épouse pour la vie à cause de vous. Je n'avais pourtant dans la vie que ma femme à épouser et mes enfants à faire pour leur bonheur. Et vous, vous avez déjà tout ce que vous m'avez enlevé à cause de la confiance que j'avais en vous. Maintenant c'est impossible que ma Claudine Courvoisier de Novembre 1990 puisse me fréquenter vu ce que vous lui avez dit en le faisant et malgré que je sois vierge. Vous vous êtes moqué de moi, et moi je me moque de tout maintenant, sauf des idées qui me viennent toujours la nuit et qui grossissent sans arrêt dans ma tête comme pour la faire exploser en mille morceaux. Vous voyez Monsieur le Directeur il faut que vous connaissiez les souffrances que vous donnez autour de vous, c'est obligé et j'en suis désolé pour Madame Geneviève mais c'est obligé.

DE LA PART DE BARTHÉLÉMY PARPOT

EXTRAIT DU JOURNAL DE CLAUDINE COURVOISIER

4 octobre :

J'ai enfin reçu une lettre d'Henri. Quelle lettre ! De la poésie en branche ! Je comprends maintenant qu'il lui ait fallu huit jours pour m'écrire. Je me serais crue la Pompadour. À d'autres moments ça m'aurait fait rigoler, mais là, j'ai vraiment été émue. Quand je pense que cette lettre a été écrite pour moi et qu'il m'appelle « mon ange », j'en reviens pas ! Bon d'accord, Henri est du genre à se laisser dépasser par le vocabulaire mais c'est un homme intelligent qui a plus de vingt-cinq ans, qui connaît plein de monde, et qui sait donc ce qu'il dit. Et comme il est très séduisant, il n'a pas besoin de mentir pour avoir de jolies femmes sous sa couette. Donc il est sincère. Donc, donc et donc.

L'ennui c'est qu'il veut pas que je lui téléphone. Je pourrai jamais écrire des trucs pareils. Bon on verra demain. J'irai acheter un livre de lettres toutes faites.

5 octobre

J'ai finalement choisi la solution carte postale. J'ai pris une vieille photographie en noir et blanc où l'on voit un couple s'embrasser, et j'ai écrit une seule phrase avec un point d'exclamation : « Vous me manquez beaucoup ! »

Ce « Vous » me file encore le frisson. Quand je pense comment il m'a installée sur l'accoudoir. Et ce qu'il a demandé que je lui fasse que je savais même pas que ça existait. Des trucs de nobles !

Hier soir, je suis allée voir l'Autre Moi-Même. Elle me reconnaît de plus en plus difficilement. Son cerveau est une passoire, elle retient rien. Je lui ai dit ma joie, puis j'ai éclaté en sanglots. Et elle aussi. Puis nous avons ri comme des folles dans les bras l'une de l'autre. Je lui ai juré une nouvelle fois qu'elle viendrait habiter avec moi dès que j'aurai un peu d'argent. Loin des blouses blanches. Elle s'est contentée de sourire.

6 octobre :

Ma petite lettre à Parpot a eu un sacré effet : mon pot de colle favori a complètement disparu de ma zone d'activité. Plus d'une semaine sans le croiser. Je m'ennuierais presque ! Je suppose qu'il doit se consacrer à Ménard.

Je n'oserai jamais raconter ma petite plaisanterie à Henri car j'ai le pressentiment qu'il l'appréciera pas beaucoup. Depuis que je les ai vus partir de chez moi bras dessus, bras dessous, j'ai comme l'impression qu'ils se complètent. Je ne dois décidément rien comprendre aux fils de famille. Il m'envoie des lettres dignes de Racine et il va s'enticher du premier détraqué incapable d'aligner quatre phrases en français. Qu'Henri se dise en même temps l'ami de Barthélémy et amoureux de céziguette, me file encore le frisson !

FACTURE DU GARAGE BMW

GRAND GARAGE BMW

160 bld de Suisse 31000 Toulouse

Spécialiste

Expert Vandalisme plainte police 06 10 92 réf 125 A

M. Ménard SEREMIP
142 RUE Périole
31000 TOULOUSE

Facture n° 52361

4 pneumatiques	**1500,00**	**6000,00**
1 pare-brise avant	**4500,00**	**4500,00**
1 pare-brise arrière	**4500,00**	**4500,00**
2 phares	**600,00**	**1200,00**
1 antenne	**600,00**	**600,00**
2 rétroviseurs	**600,00**	**1200,00**
M 0 8 heures × 142,30		**1138,40**
Petite fourniture		**350,00**
Macaron BMW (offert)		
Total		**19988,90**
TVA 18,6		**3717,93**
TOTAL TTC		**23706,83**

EN VOTRE AIMABLE RÈGLEMENT

7 octobre 1992
Père Dom Clément
Petite Abbaye – 91410 Dourdan

Henri d'Hauricourt
3, rue Croix Baragnon – 31000 Toulouse

Henri,

J'arrive à cette heure de Saint-Germain où nous avons accompagné le frère Ferran dans sa dernière retraite de la terre, – sous l'herbe humide de notre petit cimetière dominicain.

En début de semaine le mal qui l'accablait avait gravement empiré. Il avait souhaité se confesser et communier le jeudi, et le lendemain il a reçu l'extrême-onction en présence du Père Prieur. Dans la nuit de vendredi à samedi, de nombreux frères sont venus à son chevet, et ont baisé sa pauvre main amaigrie. Certains l'ont entendu murmurer « Chanaan ». Ce furent sans doute ses dernières paroles et il s'est éteint doucement à six heures ce même matin. L'enterrement s'est déroulé à la tombée de la nuit, l'oraison du Père Marie-Dominique a été selon les préceptes de notre Ordre, et notre recueillement empli de sincère émotion.

Ainsi a disparu notre jeune ami.

Je l'avais peu vu cette année. Lors de notre dernière entrevue, il était plein du souvenir de vous et de vos premières années dans notre école de Saint-Germain, et naturellement je lui avais dit ma joie d'avoir pu, depuis seize ans déjà, être l'humble guide de vos jeunes vies.

Je devine votre tristesse à la lecture de ces lignes, mais je vous sais si ouvert sur les êtres qui nous entourent, pour ne pas céder au désespoir. Puissiez-vous conserver par-devers les ans cette grâce et ce don de charité qui m'ont frappé chez vous.

Dans votre lettre d'Italie, vous vous dites préoccupé par l'amour d'une femme et vous connaissez assez mes pensées pour deviner à quel point je m'en réjouis. Il est bien temps de quitter ces déceptions du passé qui sont du ressort d'un romantisme désuet. Vous avez écarté la voie du renoncement, et le Seigneur vous aide aujourd'hui dans votre choix. La différence d'éducation n'est point un obstacle si votre engagement est réellement sincère. Vous savez mieux que moi que vos parents sont gens de tolérance.

Il n'y a que votre cœur pour vous parler, et la durée pour vous juger. La fidélité d'un jour, d'un mois, d'une année ne compte pas. C'est au crépuscule de la vie terrestre qu'il est bon de pouvoir murmurer « Chanaan » comme votre ami Ferran.

Avancez, Henri, croyez, abandonnez vos mauvaises raisons et les fausses sécurités que vous étiez encore récemment tenté de chercher chez Fénelon. Le quiétisme est une lâcheté, l'engagement une certitude.

Je suis avec vous,

Père Dom Clément

Le 9 octobre 1992

Monsieur Barthélémy Parpot
12, rue des Lois – 31000 TOULOUSE

Madame Geneviève Ménard
14, rue des Tourneurs – 31000 TOULOUSE

Madame Geneviève,

Je vous écris parce que il faut vous prévenir de la personne qui est votre mari. C'est un homme sans morale et sans scrupules qui n'aime pas les autres, et même pas vous qui êtes sa femme en habits blancs devant le curé de l'église sinon il ne ferait pas aux autres femmes ce qu'il ne voudrait pas que les autres hommes fassent sur vous. Je suis amoureux d'une femme qui s'appelle Claudine Courvoisier, mais je n'en ai plus le droit car elle ne veut plus m'épouser même si j'ai l'argent et l'emploi car Monsieur le Directeur qui est votre mari l'a violée SOUS MON NOM. Alors même si je voulais pas, je serais obligé. Il faut aussi me comprendre que je dois être comme les autres hommes, car j'ai maintenant 33 ans et j'ai trop attendu. Je ne vous voulais pas de mal mais vous savez maintenant que je suis obligé et j'espère que vous ne m'en voudrez pas trop parce que je suis obligé de vous faire ce qu'on a fait à ma Claudine, pour donner de la souffrance à votre mari comme il la donne aux autres. C'est obligé.

Barthélémy Parpot
(De la part de)

EXTRAIT DU JOURNAL DE CLAUDINE COURVOISIER

11 octobre :

Le pressentiment n'a pas menti. J'ai fait une très, très grosse bêtise !

Madame Ménard sort à l'instant de chez moi. Je connais pas son imbécile de mari mais elle, qu'est-ce qu'elle est belle ! Quarante ans, allure jeune, cheveux auburn, yeux en amande, robe d'été jaune à pois verts, très simple pour mettre en évidence ses jolies formes, et puis elle parle bien. Avec douceur et gentillesse. Je me suis sentie comme une gosse à moitié débile, qui commet les pires bêtises et qu'on ose pas engueuler tellement elle est idiote et tellement ça servirait à rien. C'est exactement comme ça que Geneviève Ménard s'est comportée avec moi. Gentille et attentionnée. « Mon enfant » qu'elle m'appelait, moi je serais passée sous la table de honte. Surtout quand j'ai été obligée de lui avouer ce que j'avais mis dans cette fichue lettre à Parpot. Elle a eu un tic révulsé, puis très poliment et souriante elle m'a dit « C'est bien ce que je craignais. C'est pour cela que j'ai préféré venir moi-même. Pierre, mon mari, n'aurait pas goûté votre humour, et il peut être violent... J'ai préféré éviter que les imbécillités ne s'ajoutent aux imbécillités ».

J'étais pétrifiée. J'ai péniblement articulé que tout était de la faute de son mari, qu'il n'aurait pas dû me provoquer, et je suis allée chercher la lettre qu'il m'avait adressée pour me souhaiter beaucoup de bonheur avec Parpot. Geneviève l'a lue et a secoué la tête : « Le problème avec les gens sans humour, c'est que tout devient catastrophique dès qu'ils s'y essayent.» Puis elle a exigé que je lui répète le texte de ma dénonciation, et a enfin accepté une tasse de thé. Pendant que je m'affairais sur ma bouilloire, je l'ai entendue murmurer « Au moins maintenant je sais à quoi m'attendre ». Ça m'a bouleversée, je me suis mise à pleurer, et j'ai dit que non, qu'elle ne subirait pas ce que j'avais subi. « Sauf, m'a-t-elle répondu, qu'en ce qui vous concerne, tout est purement inventé... N'est-ce pas ? » Je m'étais prise à mon propre jeu comme ça m'arrive souvent. L'instant d'une seconde j'ai eu envie de dire qu'hélas tout était vrai, mais la situation était assez embrouillée comme ça sans que j'en rajoute. Bref j'ai démenti, et le visage baigné de larmes, je lui ai promis que j'expliquerai tout à Parpot.

Ensuite j'ai amené le plateau avec le thé, et on a bavardé de tout et de rien. Les conversations que je préfère. Nous avons rigolé comme deux copines de lycée. On s'est raconté des histoires et j'avais du mal à croire qu'elle avait vingt ans de plus que moi, un mari important (mais borné ! C'est elle qui l'a dit), deux enfants, la situation et tout ça. Au moment de partir, elle m'a embrassée. « J'espère simplement que je n'aurai pas à subir toutes ces horribles choses de la part de Claudine » m'a-t-elle dit avec un clin d'œil.

Henri revient demain et Parpot va gâcher nos retrouvailles. Si seulement je pouvais le croiser dans la rue et lui expliquer que cette lettre n'est qu'une mauvaise plaisanterie. Demain matin, j'irai au café où je lui ai fait la bise sur la joue... peut-être qu'il s'y rend en pèlerinage. Sinon je serai obligée d'avouer à Henri dans quel pétrin j'ai mis tout le monde et je ferai tringlette de calinettes.

Six ans que j'attends mon Histoire d'Amour, et aujourd'hui qu'elle fleurit enfin à mon balcon, il faut qu'une espèce de débile vienne me la piétiner. C'est effondrant !

12 octobre :

Henri est arrivé à huit heures chez moi. Il avait fait porter ses valises à son appartement et sauté dans un taxi pour me rejoindre au plus tôt. Il avait le rire des Italiens, les gestes plus amples, il était toujours aussi charmant mais plus vivant. Il m'a pris la main, l'a serrée jalousement entre les siennes, puis il a commencé à me raconter son voyage et ses rencontres. J'ai pas pu m'empêcher de l'interrompre pour lui déballer toute l'affaire Parpot. Elle me pesait tant sur le cœur ! Dix minutes plus tard, au lieu du pardon tant espéré, j'ai reçu un « Comme vous pouvez être stupide ! », suivi de l'extrême-onction « Cette naïveté qui me séduit chez vous, pourrait vite devenir exaspérante ». Pour la galipette, tripette !

Heureusement qu'après une heure de mutisme, l'envie l'a repris. Et comme la mienne ne m'avait pas lâchée et que les dix jours de séparation avaient attisé les fantasmes, ça a été Versailles au temps du Roi Soleil. Je crois que je suis amoureuse. Pour de bon ! Bien sûr il a fallu qu'on reparle de l'inévitable Parpot. Je lui ai glissé que s'il était resté avec moi, j'aurais jamais commis cette bêtise, et il a été obligé de reconnaître que j'avais raison !

LA DÉPÊCHE DU MIDI
DU 13-10-1992, *PAGES LOCALES*

« Hier soir vers 22 heures, un feu s'est déclaré au rez-de-chaussée d'un hôtel particulier du 14 de la rue des Tourneurs. C'est un promeneur qui sentant une âcre odeur de fumée, a eu le réflexe d'alerter les sapeurs-pompiers. L'incendie a pu être rapidement circonscrit. Seule la cage d'escalier a été endommagée et les propriétaires, M. et Mme Ménard, en ont été quittes pour leur peur.

Les pompiers ont trouvé une bouteille d'essence près du point de départ de l'incendie. L'expert dépêché par le parquet de Toulouse devrait confirmer ces observations. Encore une affaire de pyromanes, serait-on tenté de dire. Il s'agit en effet de la troisième affaire de ce genre en moins de quatre mois. »

14 octobre 1992

Monsieur Pierre Ménard
SEREMIP
142, rue de Périole – 31400 TOULOUSE

Mon cher Hervé,

Excuse-moi de revenir une nouvelle fois sur ce Parpot mais comme je viens de te le dire au téléphone, l'histoire de ma BMW saccagée et ce début d'incendie dans mon immeuble m'inquiètent. Je te joins comme convenu la photocopie de la lettre de menaces que j'ai reçue il y a dix jours. Vu le rapport rassurant de ton collaborateur, je ne l'avais pas prise au sérieux. Il en va autrement aujourd'hui.

De toute évidence, c'est Claudine Courvoisier qui a monté cette mauvaise plaisanterie. Elle habite 8, rue de la Trinité et mérite, je crois, une bonne leçon.

Geneviève et les gosses vont aller passer les vacances de la Toussaint dans notre maison de campagne de Durban. Je préfère les savoir à l'écart de toute cette agitation le temps que tout se calme.

Merci de t'occuper de nous,
À charge de revanche,

Pierre

P.S. J'ai oublié de te dire que je suis passé chez Parpot. Son nom n'est plus sur la boîte aux lettres. Il ne semble plus vivre rue des Lois mais je vais tout de même lui écrire des fois qu'il fasse suivre son courrier.

13 octobre 1992

Monsieur Pierre Ménard
Directeur de la SEREMIP
142, rue de Périole – 31400 TOULOUSE

Mon cher Monsieur Parpot,

Je suis passé à de multiples reprises à votre domicile, mais en vain. Je souhaite vivement discuter avec vous de ce qui ne peut être qu'un profond malentendu.

Je comprends mal les griefs que vous me reprochez. Ils ne reposent que sur une mauvaise plaisanterie que nous éclaircirons ensemble. Téléphonez-moi, ma secrétaire a reçu l'ordre de me passer votre appel en priorité. Nous pourrons déjeuner ensemble, résoudre cette affaire et envisager quelque emploi pour vous dans mon usine de Limoges.

Surtout ne craignez rien de moi, même si vous vous êtes laissé emporter dans des réactions sans importance. Aucun dégât n'est irréparable, et aucun problème ne peut résister aux hommes de bonne volonté.

Recevez, mon cher Parpot, l'expression de mes sentiments amicaux.

Pierre Ménard

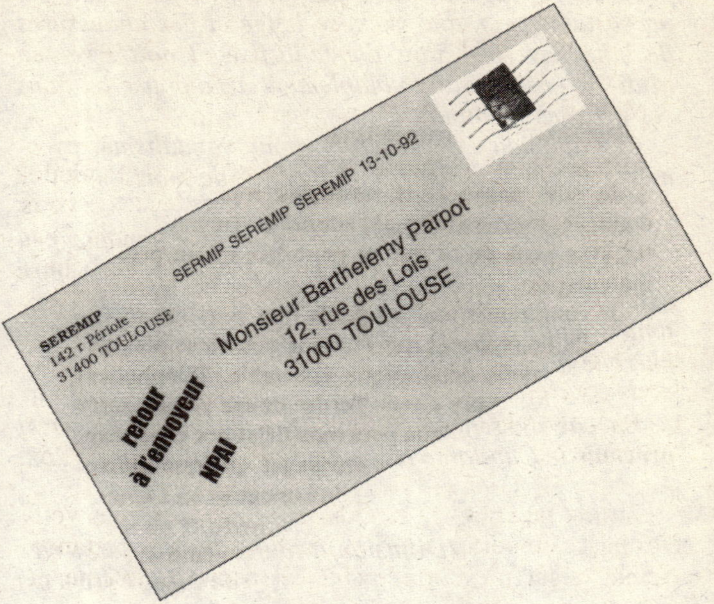
SEREMIP
142 r Périole
31400 TOULOUSE
SERMIP SEREMIP SEREMIP SEREMIP 13-10-92
Monsieur Barthelemy Parpot
12, rue des Lois
31000 TOULOUSE
retour
à l'envoyeur
NPAI

AVIS DE RECHERCHE DE LA GENDARMERIE :
14-10-1992 N° 12/HC 32-262

On recherche Barthélémy Parpot, 33 ans, brun avec une queue de cheval attachée par un élastique bleu, peau claire, regard bleu transparent. Il porte souvent un costume gris, une chemise beige et des chaussures de bateau vertes. Sans domicile fixe, il doit errer en Midi-Pyrénées, vraisemblablement à Toulouse ou dans ses proches alentours.

Cet individu est recherché pour vandalisme, pyromanie et envoi de lettres de menace de mort.

Attention : Il s'agit a priori d'un psychopathe peu dangereux. Cependant cet homme qui semble être actuellement en état de surexcitation ou de forte émotivité, peut avoir un comportement très agressif si on cherche à l'interpeller.

En cas de rencontre, le mettre en garde à vue et prévenir le Capitaine H. Chassagne, Gendarmerie 262.

(Diffusion à toutes les gendarmeries de Midi-Pyrénées)

19 octobre 1992

Monsieur Barthélémy Parpot
Quelque part

Monsieur Henri d'Hauricourt
3 rue Croix Baragnon – 31000 TOULOUSE

Monsieur Henri,

J'ai de la peine et des larmes, je suis encore plus seul que quand j'étais seul avant et je n'arrive pas à respirer depuis cette lettre de onze heures seize du premier octobre 1992. Ma vie s'est achevée avec l'horrible chose que j'ai apprise et que vous ne devez jamais savoir de toute votre vie. Moi avec la lettre de onze heures seize du premier octobre 1992 j'ai su ce que devait être l'avenir mais le courage m'a manqué pour faire tout de suite la chose la plus pénible que je suis en train de faire en vous écrivant en ce moment. Je tremble, je sue, ma vue se trouble car il faut bien que je vous dise maintenant pourquoi je vous écris surtout. J'ai attendu dix-huit jours et cent quatre-vingt-quatre minutes de plus pour vous dire la chose importante que j'ai peur d'écrire car après il sera trop tard, quand on a écrit quelque chose, c'est pour toujours, c'est pas comme les paroles qu'on peut toujours dire qu'on les a pas dites. Je vous ai choisi à vous parce que vous êtes l'ami de Claudine comme vous me l'avez bien honnêtement expliqué le soir où vous avez si longuement bavardé avec elle et que je m'étais endormi devant sa porte. J'avais accepté avec largeur d'idées que Claudine fasse sa jeunesse avant de m'épouser d'autant que vous êtes un garçon sérieux et bien élevé tout comme moi. Vous avez dit que vous étiez mon ami alors ça m'encourage car il me faut beaucoup de courage parce que JE VOUS DONNE MAINTENANT ma Claudine Courvoisier que j'ai rencontrée en Novembre 1990 au cours du CNAM. Tout est impossible avec moi alors je veux que vous vous mariiez avec Claudine Courvoisier et fassiez les enfants à ma place avec elle. Voilà je viens de vous donner ma Claudine Courvoisier de Novembre 1990 et j'en suis très malheureux. Je veux que vous appeliez notre premier enfant Barthélémy vu que je vous donne ma Claudine de Novembre 1990 pour la vie. Maintenant la vie de bonheur va commencer pour vous et finir pour tous les coupables et les amis des coupables et après pour moi parce que le sursis ne m'intéresse pas. Je suis pas comme les gens, j'ai tout attendu pour rien, je serai jamais comme eux sauf pour les malheureux qui ont faim et froid, sans femme et sans enfant. J'en finirai bientôt avec ce que j'ai à faire, puis avec moi, comme ça Claudine sera vengée et vous vivrez heureux ensemble à ma place. Mais surtout dites-leur que j'étais obligé, que je suis pas né pour faire ça mais il faut bien faire les choses quand on est obligé.

Barthélémy, votre ami

PASSAGE D'UN JUGEMENT MILITAIRE DU 4e RIMA DE CAHORS (LOT)

« ... Attendu que la perte de son arme est une faute très grave pour un soldat, attendu qu'il y a eu négligence manifeste dans le cas présent, mais attendu que le sergent-chef Mathieu Parpot a des états de service exemplaires depuis cinq ans et qu'il a fait montre de franchise dans ce procès, le sergent-chef Mathieu Parpot est condamné à trois semaines de prison et au remboursement du pistolet égaré. À cet effet, une somme sera retenue sur sa solde chaque mois. Le présent jugement est immédiatement exécutoire. »

18 octobre 1992
Le Lieutenant Colonel Masurel

25 octobre 1992

Hervé Chassagne
Gendarmerie Nationale

Mme Geneviève Ménard
Les Romarins – 11360 DURBAN

Ma chère Geneviève,

Je t'envoie comme prévu, les coordonnées du capitaine de la Gendarmerie de Durban. Il s'agit de M. Marc Lescure,

tél. bureau 68 45 85 21,

tél. domicile 68 45 62 12.

Je lui ai expliqué l'affaire ce matin. Il m'a promis qu'une patrouille passerait régulièrement devant votre maison. N'hésite surtout pas à l'appeler au moindre élément suspect. (Pierre m'a dit qu'il te fait placer le téléphone cette semaine.)

J'espère que tu vas bien profiter de ces vacances de Toussaint avec les enfants.

À mon avis, d'ici quelques jours, nous aurons mis la main sur ce Parpot. Si je n'ai pas les preuves nécessaires à son inculpation pour l'histoire de la voiture ou de l'incendie, je te promets de lui administrer une leçon bien musclée qui l'effraiera et le calmera définitivement. Ne t'inquiète pas. Dans quelques semaines, tout cela sera oublié.

Je t'embrasse ainsi que les enfants,

Hervé

25 octobre 1992

M. Pierre Ménard
Directeur de la SEREMIP
142, rue de Périole – 31400 TOULOUSE

Monsieur André Pacheco
Détective
5, rue Riquet
31000 TOULOUSE

Monsieur,

Veuillez trouver ci-joint votre contrat signé ainsi que le chèque d'acompte prévu. Nous vous prions de nous adresser par retour votre facture libellée à la SEREMIP.

Conformément à notre conversation de ce jour, j'ai précisé, dans le deuxième alinéa de l'article 6, les termes de la double mission dont je vous charge, à savoir :

– retrouver Monsieur Barthélémy Parpot,

– accompagner et surveiller tous les déplacements de mes enfants à partir de ce jour.

Vous trouverez également ci-joint toutes les informations dont je dispose sur Parpot.

Je vous prie d'agréer, Monsieur, l'expression de mes sentiments distingués.

Pierre Ménard

P.J. 3

28 octobre 1992

Monsieur Barthélémy Parpot
QUELQUE PART

Monsieur Henri d'Hauricourt
3, rue Croix Baragnon – 31000 TOULOUSE

Monsieur Henri, mon ami

J'espère que je ne vous énerve pas avec mon malheur en vous écrivant encore une fois et si rapproché mais je souffre beaucoup et des fois c'est mieux de parler avec un ami. Vous êtes l'unique et seul ami à qui je peux parler, vu que même Claudine je ne peux pas lui écrire à cause de ce que vous ne savez pas et ne devez jamais savoir. J'ai fini mes remèdes qui calment les douleurs de la tête et je n'ai plus d'argent pour en avoir d'autres. Bientôt je serai mort, je deviendrai comme les autres gens qui sont dans les cimetières et je ferai enfin partie de l'espèce humaine. La semaine prochaine ou l'autre sera le grand moment ultime de la vie de ceux qui ont torturé ma Claudine Courvoisier de Novembre 1990, mon ex-épouse pour la vie, la vraie votre épouse puisque j'ai bien été obligé de vous la donner. Grâce à moi qui vais vous venger tous les deux et nettoyer vos risques de rencontrer des gens qui ne sont pas dignes d'humanité, vous allez vivre heureux et faire des enfants dont le premier s'appellera Barthélémy. Je commencerai d'abord par faire la chose à Madame Geneviève Ménard. Si vous saviez ce que vous savez pas, vous comprendriez que j'y suis obligé et que finalement c'est juste. Je vais lui écrire une par une toutes les choses que je vais lui faire puis lui donner la lettre pour qu'elle la lise et comprenne bien que je suis obligé, ensuite j'entreprendrai. À la fin, je serai désespéré de la supprimer pour qu'elle ne survive pas au malheur d'avoir les tétons écrasés et ensanglantés comme ceux de Claudine et aussi les dents décollées des gencives, et pour que son mari ressente la souffrance qu'on a à perdre sa femme pour la vie. Quand il aura bien souffert des jours et des jours, je le tuerai à son tour avec mon objet pistolet, et je lui dirai « de la part de Barthélémy Parpot ». Je lui tirerai d'abord une balle dans chaque genou, puis dans les coudes, les chevilles et les poignets pour qu'il puisse pas s'échapper. Puis je l'obligerai à tirer la langue et je tirerai dans sa langue sans le tuer car je veux le laisser abandonné dans la souffrance. Je viendrai le voir tous les jours sans eau et sans nourriture et sans couverture, pour qu'il sache que des gens vivent aussi comme ça dans les villes, à côté des autres qui ont tout. Et un jour, il mourra. Je descends pas encore à Toulouse car il me manque l'habit noir qui est important. J'ai l'objet pistolet qui est le plus important, la tondeuse et le fil de cuivre, mais il me manque deux instruments en fer qui ne sont pas faciles à avoir. Quand j'aurai tout, je me rapprocherai de la ville en faisant attention aux gendarmes car Monsieur Ménard m'a déjà envoyé les gendarmes, au début quand je croyais qu'il voulait m'embaucher dans son personnel mais maintenant je sais qu'il voulait que les gendarmes me connaissent pour m'arrêter aujourd'hui. Je peux pas vous dire mon adresse même que ça me ferait beaucoup de bien de lire un ami comme vous, marié à mon épouse pour la vie. Mais les gendarmes peuvent lire les lettres et écouter au téléphone. C'est pour ça que je téléphone jamais, parce qu'on ne sait pas qui écoute et qu'on peut vous faire croire ce qu'on veut. Je viendrai vous dire au revoir avant ma fin à moi car j'ai des choses à vous demander puisque c'est grâce à moi que vous allez vivre heureux. Il faudra pas en parler à Claudine mais il faudra lui expliquer que j'étais pas un garçon mauvais. C'est important. Je vous délivre mes amitiés.

Barthélémy, votre ami

EXTRAIT DU JOURNAL DE CLAUDINE COURVOISIER

29 octobre :

J'en dors plus la nuit. J'ai mal au ventre. Je tremble de penser que Parpot rôle autour de Geneviève. Je donnerais tout ce que j'ai pour être délivré de cette angoisse qui m'envahit par tous les pores de la peau. C'est comme si je suais à l'envers. J'ai la sensation que tout va inexorablement défiler jusqu'au bout du désastre. Je connais bien cette peur parce que c'est la même qu'il y a douze ans, quand la voisine de palier est entrée dans ma classe suivie du directeur. Papa venait de mourir. Je ne le savais pas encore mais j'avais deviné que plus rien ne serait comme avant. J'ai pleuré quatre jours sans arrêt, sans dormir, jusqu'à la piqûre. Je pleurais autant sur moi que sur lui. Parce que j'étais orpheline à douze ans, et que ce mot m'effrayait. Il ne me restait que Valérie, l'Autre Moi-Même, mais les salauds en blouse blanche l'ont aussitôt envoyée dans un Centre Spécialisé. À douze ans on a le droit de rien dire. Quand je l'ai revue trois ans plus tard, elle ne me reconnaissait plus. Elle était encore plus idiote, encore plus passoire. N'empêche que c'est vers elle que je suis encore allée ce matin. Quand tout va mal, il n'y a qu'à elle que je peux me confier.

COMPTE RENDU DE LA RÉUNION DU 30 octobre 1992

Présents : M. Chassagne, Gendarmerie
M. Ménard, P-DG SEREMIP
M. d'Hauricourt
M. Pons, Psychiatre
Mlle Courvoisier

1. M. d'Hauricourt expose pourquoi il a voulu rencontrer M. Ménard. Ce dernier explique qu'il a tenu à se faire assister de M. Chassagne, lui-même ayant sollicité la présence de M. Pons, psychiatre spécialiste des affaires criminelles.

2. M. d'Hauricourt porte à la connaissance de tous la lettre qu'il a reçue de M. Parpot, et précise qu'il a cru de son devoir de prévenir M. Ménard.

3. M. Ménard souligne l'urgence d'arrêter Parpot et indique qu'il a embauché un détective privé pour rechercher M. Parpot et surveiller ses enfants. M. Chassagne demande que lui soient communiquées les coordonnées de ce détective et espère qu'il ne commettra pas de bévues.

4. M. d'Hauricourt s'étonne de l'absence de Geneviève Ménard.

M. Ménard indique que sa femme étant très nerveuse, il a souhaité qu'elle aille se détendre dans leur villa de Durban, à l'écart de l'affaire. Il ajoute qu'elle reviendra à Toulouse avec ses enfants pour la rentrée des classes.

5. M. Chassagne ne croit pas que Parpot soit capable de commettre des actes graves. M. Pons nuance cette opinion car, d'après lui, un choc psychologique tel que celui encaissé par Parpot peut déclencher des réactions imprévisibles. Il indique qu'en l'état des informations en sa possession, il est obligé de considérer le danger comme très réel.

6. M. d'Hauricourt signale aussi qu'il cherche à retrouver M. Parpot car lui ayant déjà longuement parlé, il pense pouvoir désamorcer l'affaire.

M. Pons se montre sceptique et donne lecture de l'étude graphologique de Parpot (cf. annexe 1).

7. Mme Courvoisier trouve le portrait exagéré. M. Ménard met en doute les compétences de Mme Courvoisier en matière de psychologie et lui reproche violemment d'être la responsable de l'imbroglio dans lequel il se trouve. Ce à quoi Mme Courvoisier rétorque par une série de grimaces et de haussements d'épaule. Attitude exaspérante, aux dires de M. Ménard.

8. M. d'Hauricourt essaie de calmer les protagonistes et insiste sur le fait que la SEREMIP a traité les demandes de M. Parpot avec légèreté. Il déplore qu'un dialogue n'ait pu s'installer, car il estime que c'était ce que recherchait M. Parpot.

M. Pons approuve cette analyse et souligne que l'isolement social de Parpot aurait pu être brisé. M. Ménard dit que son entreprise n'est pas une œuvre de bienfaisance. « Dialogue, colloque et soliloque » estime Mme Courvoisier.

M. Ménard, excédé, quitte la réunion.

ANNEXE N° 1

ÉTUDE PSYCHOGRAPHOLOGIQUE DE M. B. PARPOT
Établie par Monsieur Marcel de Saintecroix
Expert Graphologue auprès des Tribunaux

Impression générale :

Graphisme raide et enlisé, massif et noir. Texte éloquent du point de vue psychologique.

Milieu graphique :

Le graphisme n'est pas personnalisé et ne correspond ni à l'âge du scripteur ni à son niveau d'études supposé. Forte inhibition générale. Aspect d'un pavé où les noirs dominent largement.

L'écriture est assez claire, moyennement sobre, mal proportionnée et mal ordonnée. L'harmonie est basse.

Formniveau :

L'écriture est dense et pesante. Elle manque complètement de spontanéité.

Définition hiérarchisée :

Écriture massivement retouchée à zone médiane prédominante, à tendance étrécie, enchevêtrée, très lente.

Le trait est lourd et boueux. Les nombreuses retouches voudraient donner au trait, fondamentalement mou, une apparence de fermeté.

Syndromes graphiques :

La signature inconsistante, la mise en page en pavé, la compacité, la grande marge de gauche régressive, les T en croix, les grandes virgules se regroupent pour indiquer que le scripteur se surveille énormément et qu'il est submergé par des sentiments de culpabilité. Il faut aussi remarquer qu'il sait faire preuve de résistance, voire d'entêtement.

L'organisation déficiente, les passages de calligraphie enfantine, les points circulaires sur les i, l'écriture grossissante indiquent dans leur ensemble une demande affective timide mais importante, et le désir naïf de cacher ses faiblesses plutôt que de s'y attaquer.

Portrait :

Le scripteur porte la marque d'un destin difficile, qu'il n'a pas encore réussi à surmonter. Ses difficultés s'expriment sous la forme d'une névrose obsessionnelle, avec une inhibition généralisée et une tendance à l'autisme. Très conscient de ses problèmes, il désire s'y attaquer le mieux qu'il peut. Mais il essaie de contourner sa tâche plutôt que de l'affronter.

Malgré son âge, il est d'une grande immaturité marquée par un passé douloureux auquel il voudrait échapper, mais où il reste enlisé.

Le scripteur se surveille de façon obsessionnelle. Sa tendance à l'autisme exprime la profonde crainte que lui inspire le monde extérieur.

Obstiné et maniaque, il a beaucoup de mal à se remettre en question. Devant sa difficulté à faire ou à entreprendre quoi que ce soit pour sortir de son mode de vie et de sa solitude, il voudrait que ce soit les autres qui viennent vers lui et vers son monde étriqué afin de le rendre vivable.

Il se retrouve donc paradoxalement attiré par un monde qui par ailleurs l'effraie et il vit très mal cet écartèlement. Il en résulte qu'il se réfugie dans un immobilisme sécurisant. Sa raideur exprime la tension intérieure à laquelle il est soumis en permanence.

Mais il faut bien noter que ses capacités strictement intellectuelles sont tout à fait normales, même si leur efficacité est tributaire de son affectivité du moment.

EXTRAIT DU JOURNAL DE CLAUDINE COURVOISIER

30 octobre :

La réunion de cet après-midi a été bizarre. Tous ces gens raisonnent comme si Parpot était une chose. Seul Henri le traite comme un être humain. Il dit « Barthélémy » ou « cet homme égaré » ou « cet être dérangé », il le compare aux fous du Moyen Âge dans les tableaux de Bosch, et en plus, il se démène vraiment pour éviter l'irréparable. Son ami, le Père Dom Clément, est venu le voir hier soir, ils ont longuement discuté mais Henri n'a rien voulu me répéter. Il a simplement cherché à me rassurer mais je suis pas idiote, si une catastrophe arrivait ou si Barthélémy devait finir ses jours dans un asile à cause de ma lettre, je sais que tout s'arrêterait définitivement entre nous.

J'ai enfin vu ce Ménard de malheur et je me demande encore comment une nana comme Geneviève peut être avec lui. Il est prétentieux et aussi laid qu'un porcelet à moustache. Et en plus il a l'air vicieux et le regard qui vous arrive par en dessous. J'étais très mal à l'aise devant lui. J'ai pas arrêté de dire des âneries pour me donner contenance, et à un moment il est sorti furieux en claquant la porte. Chassagne l'a très mal pris. Il a attendu que tout le monde soit levé pour me coincer. J'avais jamais pris un savon pareil. Heureusement qu'Henri s'est immédiatement approché, sinon je crois que j'étais bonne pour la paire de baffes. Chassagne n'en a pas moins continué à me traiter de tous les noms d'oiseau, et ce pauvre chéri d'Henri n'a pas pu tout parer. Au fond de lui, il me trouve coupable. Moi aussi d'ailleurs, mais je peux tout de même pas le reconnaître devant cet imbécile de Ménard !

Demain je suis convoquée au commissariat pour un

interrogatoire en règle. Chassagne a dit que je risquais d'être inculpée mais Henri a haussé les épaules et l'autre n'a pas insisté. C'était du bluff. Par contre j'ai comme l'impression que l'interrogatoire qui m'attend ne sera pas pour rire.

Le 30 octobre 1992

Hervé Chassagne
Gendarmerie Nationale

Pierre Ménard
142, rue de Périole
31400 Toulouse

Mon cher Pierre,

Notre dispute d'hier soir est stupide. Je comprends tout à fait ta décision d'embaucher un détective privé et d'ailleurs je ne t'ai jamais caché que mes moyens étaient très limités en matière de prévention. J'ai seulement voulu te mettre en garde contre le type que tu as choisi.

Cet André Pacheco est une trop grosse pointure pour cette affaire. C'est un ancien officier, brillant paraît-il, qui a été limogé de l'armée à cause de ses accointances avec l'OAS. On m'a confirmé qu'il a dirigé le SAC en Languedoc-Roussillon avant d'ouvrir son agence de détective en 1975. Il fraye encore avec des milieux d'extrême droite et avec le petit banditisme. Quelques succès chanceux lui ont ouvert les portes de la plupart des notables de la ville, mais il n'en demeure pas moins quelqu'un de très louche.

Pour finir, je dois aussi te dire que c'est un flambeur qui a un besoin d'argent chronique. Tu vas payer un maximum pour un boulot de débutant qu'il ne fera même pas sérieusement. Prend plutôt un gars comme Bruno Vidal, c'est pas une lumière mais il convient bien pour faire des planques sur le terrain.

Ne crois surtout pas que c'est la rancœur qui me

dicte ces quelques lignes, l'histoire de Jolimont ne me concernait pas !

J'attends ton coup de téléphone. Fais-moi confiance.

Amitiés.

Hervé

EXTRAIT DU JOURNAL DE CLAUDINE COURVOISIER

2 novembre :

Henri m'a appris ce soir qu'il avait passé sa journée avec Geneviève Ménard. Je suis devenue folle de rage. Ce faux-jeton s'est bien gardé de m'emmener avec lui. Il m'avait promis pourtant !

« Claudine soyez raisonnable, m'a-t-il dit sèchement, comprenez qu'il m'était plus facile de lui parler en tête en tête. » Raisonnable, il voulait que je sois raisonnable ! C'est bien simple, il n'y a qu'à me dire ça pour que je devienne une véritable furie. Jolie comme elle est Geneviève, je vois d'ici le tête-à-tête. Une boule dure m'a traversé le ventre, l'estomac et s'est vissée au fond de ma gorge. La jalousie méchante, incontrôlable. Je lui ai tout balancé au Monsieur d'Hauricourt. Je regrettais mes paroles au fur et à mesure que je les prononçais mais rien n'aurait pu les arrêter. Qu'il avait dû la sauter, que Geneviève après quinze jours de disette à la campagne n'avait pas dû trop résister, que mon Barthy allait lui régler son compte et qu'ainsi elle arrêterait d'allumer les grands dadais qui fondent à la moindre œillade. Quand j'ai passé la cinquième et hurlé qu'un bon petit viol remettrait les idées de l'allumeuse à leur place, Henri s'est d'un coup rembruni. Ça n'a fait ni sept ni huit, il m'a flanqué une paire de claques avec une force dont je ne l'aurais jamais cru capable ! Un aller-retour plein de vigueur, plus à la manière de Jean Gabin que de son grand ancêtre François Anne d'Hauricourt. J'ai immédiatement pleuré très fort mais ça n'a pas eu l'air de l'embêter. Il peut être vraiment agaçant par moments. Donc je me suis calmée, et de sa voix douce il m'a tout raconté comme si de rien n'était.

Il voulait connaître Geneviève et lui expliquer comment s'y prendre avec Barthélémy si elle se trouvait en face de lui. Ce qu'elle pourrait dire et devrait taire. Il m'a dit qu'elle habitait dans une jolie maison entourée de vignes aux feuilles rousses, et que dans son jardin les senteurs de la garrigue se disputaient avec celles de la mer. Que chez elle, les murs étaient blanchis à la chaux, les volets étaient bleus, et qu'elle enserrait ses cheveux dans le foulard gris des vigneronnes, noué au-dessus de la tempe. Il est devenu romantique, je suis sûre qu'il l'a embrassée sur la bouche. J'y mettrais mes fesses sur le fourneau ! On ne peut pas parler comme ça d'une femme si on a pas un peu consommé avec elle. Je suis sûre et certaine que cette sainte-nitouche me l'a séduit ! Parpot me vengera ! Je divague à nouveau. Je sais que je suis idiote mais c'est plus fort que moi. Parce que je suis malheureuse. Très malheureuse et qu'on a pas le droit de me voler Henri. Parce que je l'aime plus que tout.

Pont Valentré – Cahors

2 novembre 1992
– Jour des Morts –

Je pars aujourd'hui car j'ai enfin rassemblé les instruments de fer nécessaires. Dans peu de temps cela finira et je serai soulagé de la vie qui m'a tant fait souffrir. La nuit il me semble que ma tête va exploser. Je viendrai vous voir quand j'aurai fait ce que je suis obligé de faire et avant d'en terminer définitivement avec moi.

Barthélémy, votre ami

Monsieur H. d'Hauricourt,

3, rue Croix Baragnon

31000 TOULOUSE

NOTE D'HÔTEL, CAHORS

« Hôtel des Grives
2, allées de la Gare
46000 – CAHORS 2 novembre 1992

NOTE de M. PARPOT

9 Nuits × 62 F	558 F
(du 24 octobre au 2 novembre)	
(pas de petit déj.)	
1 Bain	11 F
Taxe de séjour	5 F
	574 F

TICKETS DIVERS

SNCF
Date : 02-11-1992
Valable 2 mois : jusqu'au 02-01-93
Gare Départ : ... ... CAHORS
Destination : ... ... TOULOUSE Via :/
Montant : ... ... 72 FFR

SNCF
Date : 04-11-1992
Valable 2 mois : jusqu'au 04-01-93
Gare Départ : ... ... TOULOUSE
Destination : ... ... CARCASSONNE Via :/
Montant : ... ... 68 FFR

AUTOBUS DU CARCASSES
1, allée Sarraut – 11000 Carcassonne – Tél : 68 64 52 52
Le 4 novembre 1992
Heure 17 h 10/Bus 78
Trajet : CARCASSONNE → LAGRASSE → DURBAN
Tarif : 32 F

LIVRE DE SUPPLICATIONS DE L'ABBAYE DE LAGRASSE

(Extrait de l'avant-dernière page)

« Mon Dieu, faites que mon gendre arrête de boire et trouve du travail, et que ma fille soit enfin heureuse. »

Solange.

« Je vous prie mon Dieu de bénir ma famille et de veiller sur mes trois enfants. »

Sylvie.

« Mon Dieu et par Jésus, faites que le T3 qu'a visité ma belle fille soit encore libre et que mes petits-enfants puissent y être heureux. »

Le 4 novembre, Éliane.

« Seigneur faites que j'aie le courage de faire ce que je dois faire et que votre vengeance arrive sur terre comme au ciel. »

Barthélémy.

« Merci Jésus de m'avoir donné des parents aussi gentils. »

Anne.

3 novembre 1992

André Pacheco
Détective
5, rue Riquet – 31000 TOULOUSE

À l'attention de Monsieur Ménard, SEREMIP

RAPPORT D'ACTIVITÉ HEBDOMADAIRE Nº 01
Référence PM01 / 14 / AP / MENARD

Notes liminaires :

La surveillance de vos enfants est assurée par mon collaborateur Yves Teulet. Il s'agit d'un homme jeune, avec une fine moustache, souvent habillé d'un costume gris clair. Il ne vous a pas été présenté afin de ne pas multiplier les contacts non indispensables.

J'ai personnellement pris en charge la recherche de M. Parpot.

Je vous signale par ailleurs que, comme vous me l'aviez demandé, je me suis mis en rapport avec le capitaine Hervé Chassagne.

Ce dernier m'a très froidement reçu. Je vous précise que je n'ai jamais eu de goût pour les leçons de morale et que la collaboration avec un incapable ne m'intéresse pas davantage.

Je mènerai donc cette enquête selon mes méthodes.

Avancement des actions engagées :

1. En ce qui concerne la surveillance et l'accompagnement de vos enfants : Rien à signaler. Déroulement normal, efficacité et discrétion assurées.

Seul lieu de déplacement : Villeneuve-Corbières où vos enfants vont régulièrement passer l'après-midi chez leurs cousins (départ vers 13 h 00, retour à Durban vers 19 h 00).

2. En ce qui concerne la recherche de Barthélémy Parpot :

a) J'ai commencé l'enquête par la rencontre de Claudine Courvoisier. Une jeune fille aux yeux clairs, franche, plutôt délurée mais finalement assez attachante. Elle est sincèrement ennuyée de ce qu'elle a déclenché. Elle ne cache rien de ce qu'elle sait, c'est-à-dire pas grand-chose. Elle me préviendra si Parpot cherche à la contacter.

b) Je me suis ensuite rendu à Béziers pour interroger la mère de Parpot. Une femme d'une soixantaine d'années, complètement sourde, et visiblement atteinte d'une grave maladie. Outre la difficulté de l'interroger par écrit (sa vue est également déficiente), il est à noter que cette dame n'a plus tous ses esprits.

J'ai retenu que Parpot pouvait avoir choisi trois directions : Cahors où son frère est militaire, Roquecourbe le village natal de son père, et Capvern où son oncle avait une entreprise. C'est avec lui que Barthélémy aurait acquis la maîtrise du travail du fer. Madame Parpot s'est peu inquiétée du pourquoi de mes questions. Elle m'a simplement dit que Barthélémy ne venait plus souvent la voir, mais que son frère Mathieu s'occupait bien d'elle. Elle a bien voulu me confier une photo récente de Barthélémy.

c) Parmi les trois pistes, j'ai choisi de commencer par Cahors. J'ai parcouru la rue qui va de la gare au centre-ville en interrogeant divers commerçants. Puis j'ai remonté l'avenue qui rejoint la caserne. Plusieurs personnes, sans être définitivement affirmatives, pensaient l'avoir vu. Encouragé par ces premiers éléments, je me suis rendu, le soir vers 22 h 00, au buffet de la gare SNCF. Ces endroits attirent en général les individus de son genre. J'y ai déniché une espèce de marginal qui m'a déclaré avoir passé une soirée avec Parpot. Il m'a même dit qu'il habitait à l'hôtel des Grives. Je m'y suis immédiatement rendu pour apprendre qu'il avait quitté l'hôtel le matin même. Apparemment sans payer sa note.

Je n'ai pas pu parler à son frère qui est actuellement aux arrêts pour une raison qu'on a refusé de me dire.

Le capitaine Chassagne pourrait certainement recueillir plus d'éléments que moi sur ce point. S'il le juge nécessaire.

d) Prenant l'hypothèse que notre homme n'était plus à Cahors, je me suis rendu à Roquecourbe, un charmant village, patrie du général Raoul Salan. Aucune trace de Parpot. J'ai interrogé en vain la boulangère, le cafetier et quelques vieux assis sous les platanes. Tous auraient aimé collaborer mais ils n'avaient rien à dire. Après m'être recueilli quelques minutes devant la maison du grand homme d'Alger, je suis reparti sur Capvern d'où je rédige le présent rapport.

e) À Capvern, j'ai visité l'atelier de son oncle. L'endroit est abandonné depuis des années. La porte avait été forcée. À l'intérieur, les traces de poussière autour de l'établi et une odeur autre que celle du moisi ou du renfermé, m'ont laissé supposer que quelqu'un avait récemment travaillé là. Rien de sûr, seuls des moyens de police scientifique pourraient établir que Parpot est passé par là (question à poser au capitaine Chassagne). J'ai laissé mes coordonnées en différents points afin d'être prévenu si Parpot se manifeste. Les gens du coin gardent de lui l'image d'un adolescent introverti qui s'entendait mal avec la jeunesse du village. Tous se rappellent l'imposante machine à castrer les chats qu'il avait construite avec de la ferraille de récupération. Un grand-père m'a fait signe de la main que c'était un « cinglé ».

Prochain rapport dans quatre jours.
Ci-joint note de frais du 29.10.92 au 03.11.92.

André Pacheco

MESSAGE DE BARTHÉLÉMY PARPOT À Mme GENEVIÈVE MÉNARD

Madame Geneviève,

Quand vous lirez ce message, je serai assis en face de vous, sur votre canapé, dans votre maison de campagne, avec mon pistolet dirigé sur vous, qui ne tremblera pas, et j'attendrai patiemment. Ne pleurez pas quand vous aurez fini de lire, c'est inutile quand tout est obligé et inexorable. Je n'ai pas de pitié car personne n'en a eu ni pour moi ni pour ma Claudine Courvoisier.

Je vais faire les choses intimes avec vous et sacrifier ma virginité que j'avais préservée pour ma Claudine. Vous mettre toute nue, complètement, et vous toucher partout de ma main qui ne tiendra pas le pistolet. Vous obliger à crier et mettre votre culotte au fond de votre bouche. Et sortir les instruments en fer. Ma Claudine a les marques sur ses tétons des tortures de votre mari. Moi je vais être obligé de vous marquer aussi, même si j'ai pas envie mais avant je ferai avec vous l'intimité à laquelle j'ai droit depuis 33 ans. Ensuite je vous écraserai les seins et surtout les tétons avec mes pinces et je vous rendrai les dents tremblantes dans les gencives avec l'autre outil car je ne suis pas sûr d'y arriver avec les gifles comme votre mari l'a fait à ma Claudine. Après je trouverai le courage de vous tuer parce qu'il vous serait insupportable de vivre si abîmée et si souffrante douloureusement alors que vous n'auriez peut-être même pas le courage de vous suicider. Ainsi vous serez soulagée des souffrances, et votre mari, lui, souffrira beaucoup en voyant votre corps et en imaginant vos souffrances qui sont sa faute à lui. Je vous écris ça parce que je suis assis en face de vous et que je ne veux pas vous parler, sauf quand je vous demanderai de vous mettre nue, complètement et sans la culotte qui dissimule. Je ne suis pas capable de parler mais il faut que vous compreniez que je ne suis pas né pour faire ça et que votre mari m'y oblige. Que c'est forcément de la part de votre mari. De la part de votre mari dont je ne suis que l'instrument, comme ces pinces de fer sont aussi des instruments.

DE LA PART DE votre mari Pierre Ménard

Midi Libre
06-11-1992

« Mme Geneviève M..., résidant normalement à Toulouse et venue passer quelques jours de vacances à Durban, a été victime d'une agression sexuelle dans l'après-midi du 5 novembre. Elle a été surprise chez elle alors qu'elle préparait son repas. La porte de son domicile n'était pas fermée à clé. Gageons que nombre de nos concitoyennes vont prendre désormais plus de précautions.

Selon les gendarmes, la victime, toujours sous le choc, aurait été violée par un rôdeur. L'homme aurait ensuite cherché à la torturer avec des pinces en fer mais la jeune femme, profitant d'un instant d'inattention de son bourreau, aurait réussi à s'enfuir. C'est Mme Jupin, la sympathique épouse de notre maire adjoint, qui l'a aperçue courant toute nue sur la route. Notre concitoyenne s'est évidemment empressée de la recueillir chez elle et de prévenir les autorités.

L'homme surpris dans ses manœuvres n'a pas semblé chercher à la poursuivre. Il avait évidemment quitté le domicile de Mme Geneviève M... lorsque les gendarmes sont arrivés. Ces derniers ont cependant pu relever des indices intéressants.

Les enquêteurs ont indiqué en fin de soirée qu'ils recherchaient un suspect dont ils connaissaient le signalement et l'identité. Ils n'ont cependant pas encore voulu révéler comment ils avaient réussi à obtenir si rapidement une piste aussi précise. »

DÉPOSITION DE GENEVIÈVE MÉNARD À LA GENDARMERIE DE DURBAN (AUDE)

06-11-1992/ML
État civil :
Geneviève Laffage, épouse Ménard, résidant 14, rue des Tourneurs à Toulouse (31). Née le 14 mai 1953 à Tarbes (65). Occupant depuis deux semaines sa maison de Durban, dite « Les Romarins ».

Les faits :
Il était presque 17 heures, la nuit commençait à tomber. Comme souvent, mes enfants étaient à Villeneuve chez leurs cousins germains. J'avais passé mon après-midi à lessiver une vieille commode dans ma cour de derrière. Ma porte d'entrée était restée ouverte. Je ne la ferme jamais. À 17 heures, j'ai fermé les volets, j'ai mis la radio et je me suis servie un café. C'est le moment de la journée que je préfère. Il était là, derrière le rideau. Il est sorti de sa cachette, un gros pistolet pointé vers moi. Son regard bleu transparent le rendait presque inhumain. Il était là mais absent. Il n'a pas prononcé une seule parole. J'ai immédiatement su que c'était lui. Il m'a ordonné d'un geste de m'asseoir sur le canapé. J'ai essayé d'engager la conversation, je lui ai proposé de venir à côté de moi, mais il a refusé d'un signe de tête.

Il était étrangement habillé. Comme un prêtre. Tout en noir avec une chemise grise. Ses cheveux étaient mal coupés, très court, il n'avait plus la queue de cheval dont Chassagne m'avait parlé. Je savais pourtant que c'était lui. J'ai voulu savoir comment il m'avait trouvée, il s'est contenté de sourire énigmatiquement. J'avais cette sensation désagréable de n'avoir personne en face de moi. Puis il a sorti une lettre de sa poche et me l'a tendue. Je l'ai lue. Il ne me quittait pas des yeux. Des horreurs. Je l'ai posée et j'ai commencé à parler sans m'arrêter. Lui dire que je le comprenais. Que tout n'était parti que d'une mauvaise plaisanterie. Je l'ai supplié de téléphoner à Claudine Courvoisier. Il m'observait comme l'aurait fait un insecte, il semblait ne rien entendre. Puis au milieu d'une phrase, il m'a dit : « Déshabillez-vous Madame Geneviève, tout de suite, complètement. » Sa voix était sans timbre, monocorde, glaçante. Je l'ai supplié d'arrêter tout ça, de partir avant qu'il ne soit trop tard. Il s'est raidi sur son pistolet qu'il a brusquement tendu devant lui. Il me fixait avec ses yeux qui n'ont pas l'air de voir. J'ai eu peur qu'il tire, je me suis déshabillée et vite recroquevillée dans le coin du canapé. Je ne savais plus que dire. Lui ne bougeait pas. On est resté plus de dix minutes ainsi. Sans bouger. Sans savoir ce qui pourrait se passer. J'avais peur. Lui aussi, j'en étais sûre. Puis d'un coup, il s'est levé, il a ramassé ma culotte et me l'a enfoncée dans la bouche. Ces gestes étaient brutaux, saccadés, mal contrôlés. Ensuite, il m'a tirée par le bras et m'a forcée à me lever. Le canon de son arme était collé contre mon ventre. Il a commencé à me toucher, d'abord avec gêne puis frénétiquement. Partout. C'était horrible. On aurait dit une araignée avec de nombreuses mains, avide. J'ai voulu retirer la culotte de ma bouche mais il m'a jetée face contre terre. Il s'est agenouillé derrière moi, j'ai senti le froid de son arme contre ma nuque, il a déboutonné son pantalon. Il m'a violée. Ça m'a paru interminable mais en réalité il a dû éjaculer au bout d'une minute. En silence. C'était sale, jamais je ne m'étais sentie aussi sale, j'aurais voulu prendre une douche à l'intérieur de mon corps. Pour tout enlever. C'est seulement après qu'il a hurlé : « de la part de Pierre Ménard », comme un fou, comme s'il avait oublié de le dire au bon moment. Après il s'est rhabillé, moi j'étais recroquevillée contre le canapé. J'attendais. Il a sorti d'un sac en toile deux énormes pinces en fer, avec des mâchoires rouillées, marquées SNCF, et un scalpel avec un manche de nacre. Puis il a ouvert les pinces lentement et les a approchées de mes seins. La première m'a mordue sous le téton droit. La douleur a été si atroce que je me suis détendue d'un coup violent, je l'ai heurté. Il a lâché son pistolet. La peur, la douleur de cette pince qui battait sur ma poitrine, je n'étais plus moi-même. D'un coup de pied, j'ai envoyé valdinguer l'arme. Le temps qu'il aille la ramasser, je me suis précipitée vers la porte et me suis enfuie toute nue. Sans me retourner. Il n'a pas dû me poursuivre, je suppose qu'il a eu peur et qu'il a préféré s'enfuir. Moi, une voisine m'a trouvée, et puis elle a appelé la police.

ACTE D'ADMISSION DE GENEVIÈVE MÉNARD EN MAISON DE REPOS

« Centre du Val Fleuri 8 novembre 1992
Service Psychiatrie Docteur Renan
1, rue Mozart – 31700 BLAGNAC

Nom et Prénom : MÉNARD Geneviève
Adresse : 14, rue des Tourneurs – 31000 TOULOUSE
Date et lieu de naissance : 14 mai 1953 à Tarbes (65)
Numéro Sécurité Sociale : 1 53 05 653 120 04

est admise en cure de repos au Centre de Psychiatrie sur ordonnance du docteur Pujol, suite à un grave traumatisme émotionnel et affectif (état de choc non surmonté), dans les conditions suivantes :
– durée : 12 jours renouvelables
– visites non autorisées
– isolement partiel sans télévision ni radio
– téléphone non autorisé

Traitement actuel : Lexomil
Plaie au sein droit à surveiller.

Le Docteur Renan

Midi Libre

08-11-92

Dans l'affaire du viol qui a secoué la tranquille cité de Durban, il semble que l'agresseur de Mme Geneviève M... ait agi pour se venger de la jeune femme.

D'après, certains témoignages, la police aurait surveillé depuis quelques jours les abords de la maison des Ménard. L'homme, qui devait être sur ses gardes, a toutefois pu déjouer la vigilance des gendarmes et s'introduire vraisemblablement en milieu d'après-midi dans la maison. Si cette hypothèse s'avère exacte l'arrestation du suspect numéro un devrait intervenir rapidement car l'homme ne semble pas avoir de véhicule. Des témoins l'auraient en effet aperçu descendant du bus de Carcassonne le 5 novembre au matin. Les enquêteurs pensent qu'il a pu se réfugier dans les garrigues au-dessus de Villesèque, ou dans les contreforts du Canteloup. L'homme souffrirait de dérangement mental.

Mme Geneviève M..., après avoir subi des examens à l'hôpital de Carcassonne, a été conduite dans une maison de repos. Son état, bien que n'attirant pas d'inquiétude, a été qualifié de sérieux par les médecins. Il semble qu'elle ait subi en particulier une importante lésion au sein droit.

EXTRAIT DU JOURNAL DE CLAUDINE COURVOISIER

8 novembre :

C'est horrible ! Je voulais tout effacer, n'avoir jamais su écrire une seule lettre de l'alphabet. Les somnifères n'y peuvent rien. J'ai dormi tout l'après-midi sans pouvoir me détendre. Je me suis réveillée à six heures avec l'angoisse des cauchemars en plus.

Geneviève avait été si gentille avec moi, nous avions même fini par rire ensemble, et je l'avais embrassée quand elle était partie. Dire que j'ai souhaité ce qui lui est arrivé. Devant Henri ! Quelle scène ! Tout ça parce qu'Henri avait passé un après-midi à bavarder avec elle.

Toute ma vie entière, je le regretterai. C'est plus de la bêtise, c'est du saccage. J'en ai marre de moi. Mais sincèrement j'aurais jamais cru que Parpot fasse ça. Démolir la BMW du blairaud ou jeter une allumette dans une poubelle quand personne ne le regarde, d'accord. Mais qu'il ose faire ça à Geneviève ! C'est écœurant ! Tous les hommes sont des salauds, même le dernier des demeurés.

9 novembre :

Henri ne m'a donné aucun signe de vie depuis qu'on a appris pour Geneviève. Il était bouleversé, il m'a quittée en hochant la tête sans un mot. Le bruit de la porte résonne encore dans mes oreilles. J'ai cherché à lui téléphoner mais sa secrétaire m'a dit qu'elle ne l'avait pas vu depuis deux jours. Il m'en veut. C'est sûr.

Je ne sais pas s'il est amoureux de Geneviève, mais désormais il se soucie de sa santé, il la plaint, il pense à son petit sein blessé... Encore deux jours de ce régime et il sera forcément amoureux d'elle. Vaut mieux que j'arrête parce que la jalousie me remonte !

10 novembre :

Je suis allée voir mon astrologue. Pour savoir. Elle a rien pu me dire pour les jours qui viennent. Sauf que dans un mois, le 22 décembre, je vivrai le plus beau jour de ma vie à cause de Neptune, du Soleil et de je sais plus qui, réunis dans une maison très importante dont j'ai aussi oublié le numéro. Une conjonction comme il y en aura pas deux dans toute ma vie. Le 22 décembre à marquer sur mon agenda. Le plus beau jour des Verseaux ascendant Gémeaux nés au 45° Nord, entre 5 h 012 et 6 h 25... En attendant, Geneviève m'empêche de dormir. Henri ne me pardonnera jamais.

11 novembre :

Ce soir, Henri est revenu. Mystérieusement, comme si de rien n'était. Il m'a emmenée au restaurant. Dans une brasserie à la mode. On était bien tous les deux, amoureux comme j'aime. J'avais mis mon tailleur vert et mon pull en coton blanc. On était si douillettement coulé sur la banquette qu'il ne m'a pas vue venir. Je lui ai susurré qu'on était le 11 novembre et qu'il fallait faire l'armistice entre nous aussi. Il a souri avec nonchalance, si tranquillement que j'ai été aussitôt convaincue que j'allais arriver à savoir. Face à moi, câline comme je peux être au restaurant, il ne pouvait que tomber dans le piège.

Bref je lui ai dit qu'on était bien ensemble, que je m'excusais pour la scène stupide de l'autre soir mais que pour poursuivre tous les deux, je voulais savoir la vérité. Que je ne ferais pas de scène puisque je voyais bien qu'il se sentait heureux avec moi, et que la jalousie n'est qu'une affaire d'intranquillité. Le mot l'a fait sourire et il a mordu. Oui, il avait passé un moment agréable avec Geneviève l'après-midi où il s'était rendu à Durban. Non, il ne l'avait pas revue. Oui, il en gardait un heureux souvenir. C'était à hurler. Je m'en suis rempli les oreilles en tortillant la serviette entre mes mains parce que ce gros imbécile peut frôler l'idiotie et l'inconscience quand il s'y met. J'ai réussi à tenir le choc. J'ai pas crié, j'ai pas pleuré, et j'ai mordu mes joues au sang pour ne rien dire. Mais je voulais aller jusqu'au bout. « Et sexuellement c'était sympa ? » j'ai demandé de mon air le plus détaché alors que des sanglots se pressaient déjà au fond de ma gorge comme une marée à l'heure de la remontée.

Il a eu l'air qui tombe de la lune, puis il a éclaté de rire et m'a pris la main. Je l'ai retirée aussitôt. « Vous vous méprenez », m'a-t-il dit avec un sourire amusé avant de lentement parcourir la carte des desserts. D'Hauricourt le juste de mes fesses ! Un sadique comme les autres qui jouissait de me voir trépigner sur ma chaise. Il lui a fallu cinq minutes avant de daigner s'expliquer.

Geneviève avait été infirmière anesthésiste à la Clinique des Bleuets, avant son mariage, à une époque où la grand-mère d'Henri rendait visite aux malades. Et Hasard ô Balthazar, Geneviève avait connu la vieille dame. Mieux, elle avait été impressionnée par la chaleur que Mme d'Hauricourt donnait autour d'elle. Cette chaleur que son travail quotidien et ses courses sans fin dans les longs couloirs vernissés ne lui laissaient plus le temps d'apporter. Tu parles ! Ce pauvre Henri goberait n'importe quoi ! Bref cet après-midi-là, pendant quelques minutes, grâce aux souvenirs affectueux de cette inconnue, il avait eu la miraculeuse sensation que sa grand-mère chérie était toujours vivante. « C'était une harmonie parfaite avec la campagne et les couleurs de l'automne. Comme une expérience mys-

tique. J'ai eu l'incroyable impression que le temps passé et son cortège de nostalgie avaient été gommés par la sincérité de son évocation. » Puis ils avaient parlé de la mort. Longuement. Pendant plus d'une heure.

En résumé, je m'étais couverte de pipi. J'ai juste prétexté un violent mal de tête pour abréger le dessert et retrouver mon lit au plus vite. Toute seule. J'ai remonté les couvertures au-dessus de ma tête et j'ai pleuré, pleuré à remplir un barrage hydroélectrique.

Plus tard je me suis dit que j'avais aussi un peu le droit d'haïr Geneviève Ménard. Ne serait-ce que parce qu'elle avait été infirmière anesthésiste ! J'ai même espéré que Barthélémy l'avait bien secouée et que ses seins étaient repliés comme des crêpes ! J'ai honte, pourtant je l'ai un peu pensé. Même si je le pense pas vraiment...

RAPPORT D'ENQUÊTE DE LA GENDARMERIE DE DURBAN (AUDE)

ML /12.11.92/Nº 112.15

L'enquête a été conduite par les gendarmes Labourdette, Férot et moi-même Lepereux. Nous étions accompagnés du Capitaine Chassagne (Gendarmerie 262) qui poursuit le dénommé Barthélémy Parpot.

Dès notre arrivée sur les lieux, nous avons procédé à l'examen des indices. Personne n'avait pénétré dans la maison depuis la fuite de l'agresseur. Nous avons ainsi pu relever de nombreuses empreintes digitales dans le séjour et dans la chambre. Nous avons également relevé des traces sur le tapis qui se sont avérés être du sperme après analyse. Tous ces indices nous permettront de confondre l'agresseur lorsqu'il aura été appréhendé.

Les deux pinces en fer provenant de boggies de wagon ont été retrouvées l'une à côté du canapé, l'autre plus loin dans le vestibule. Cette dernière était maculée de sang et on peut supposer que Geneviève Ménard a couru quelques mètres avec l'objet accroché à son sein.

Nous n'avons trouvé aucune trace du pistolet, l'agresseur a dû aller le ramasser avant de s'enfuir. Par contre une tondeuse mécanique de coiffeur a été jetée contre un miroir qui a volé en éclats. Rien dans le récit de Geneviève Ménard ne mentionne cet incident. On peut supposer que cette tondeuse a été lancée par dépit après la fuite de Geneviève Ménard.

Une heure après l'agression, trois voitures de gendarmerie ont patrouillé sur la route de Carcassonne ainsi que sur les principaux chemins de vigne environnants.

Personne n'a vu le suspect, ce qui est surprenant car dans une petite commune comme Durban, un étranger passe difficilement inaperçu. Nous avons même évoqué la possibilité qu'il se soit caché dans le village, mais là encore l'absence de témoignage nous a obligés à abandonner cette piste.

Le lendemain, les chiens venus de Carcassonne ont reniflé un mouchoir oublié par l'individu. Ils ont alors parcouru cinquante mètres jusqu'au portail du jardin, puis ils ont bifurqué à droite sur la route et ont encore suivi la trace sur une trentaine de mètres avant de s'arrêter.

Ce même jour, nous avons patrouillé dans les garrigues et les bois de chênes-lièges jusqu'au lieu-dit de la Capelle au nord et du ruisseau de la Berre au sud.

Les gendarmes des communes voisines ont été également alertés. Ils n'ont malheureusement pas pu nous fournir de renseignements très intéressants. Ils nous ont juste signalé la présence d'un rôdeur aux environs de Lagrasse, mais les témoignages recueillis sont restés trop vagues pour permettre de conclure qu'il s'agissait bien de notre homme.

Il faut aussi mentionner que Mme Ménard a bien reconnu Barthélémy Parpot, son agresseur, sur le portrait qui lui a été présenté.

Les voisins de Mme Ménard n'ont rien vu ni entendu. Cette dernière n'a d'ailleurs pas déclaré avoir crié. Tous ont été interrogés sauf Toinette partie en voyage aux Baléares avec le club du 3e âge de Durban.

Mme Jupin, qui a recueilli Mme Ménard, dit qu'il lui semble avoir aperçu une silhouette vers les arbres du fond. Elle n'y a cependant pas accordé d'attention car elle était trop préoccupée à calmer les convulsions de panique de Mme Ménard.

Pièces jointes :
Déposition de témoins : 8.
Rapport d'Analyse de laboratoire : 2.
Procès verbal du Maître chien.

12 novembre 1992

Henri d'Hauricourt
3, rue Croix Baragnon – 31000 TOULOUSE

Geneviève Ménard
Centre du Val Fleuri – Service Psychiatrie
1, rue Mozart – 31700 BLAGNAC

Ma chère Geneviève,

Il m'est bien difficile de trouver les mots pour vous réconforter après la terrible épreuve que vous venez de traverser. J'aimerais pourtant tellement pouvoir vous aider à surmonter ces moments douloureux et être ce frère sur lequel on s'appuie sans même y songer.

Hélas, de par le fait de cet homme que j'ai voulu nommer mon ami, je vous suis devenu odieux, et j'en meurs de regrets. Tout cela me paraît d'autant plus cruel qu'il m'est interdit de vous visiter et de vous parler au téléphone.

Ne me croyez ni inconscient ni égoïste mais je ne renonce pas à tirer de sa folie le pauvre hère qui vous a blessée. Je sais les tortures et les peurs qu'il vous a fait subir, et je n'implore ni votre compréhension ni votre pardon aux injures et blessures qui vous ont été faites. Simplement je vous supplie de me fournir les informations qui me permettront de le retrouver.

Je suis déjà désespéré qu'il vous ait maltraitée. Je ne veux point le soustraire à la justice mais seulement l'empêcher de commettre d'autres meurtres.

Acceptez de me recevoir. En souvenir de cet après-midi d'automne où il nous fut donné pendant quelques instants d'oublier les heures du temps.

Votre amitié m'est précieuse. J'en garde des images douces et apaisantes comme cette campagne qui vous va si bien.

Demain soir, je viendrai au Centre du Val Fleuri.

Recevez-moi, je vous en prie,

Henri d'Hauricourt

12 novembre 1992

Monsieur André Pacheco
Détective
5, rue Riquet – 31000 Toulouse

Monsieur Ménard
Directeur de la SEREMIP
142, rue de Périole – 31400 TOULOUSE

Monsieur,

Je comprends parfaitement votre colère. Certains de vos termes sont scandaleusement mensongers, mais je veux bien les imputer à la douleur qui vous a frappé ainsi que votre épouse.

Je vous ferai simplement remarquer que j'avais retrouvé la piste de Parpot à Cahors. À un jour près, je l'arrêtais.

Le Capitaine Chassagne, si fort pour donner des leçons, était bien loin de ce résultat. Je vous rappelle par ailleurs qu'il était censé assurer la protection rapprochée de votre femme à Durban, mission que vous n'aviez pas jugé opportun de confier à mon agence (votre courrier du 27/10/92).

RAPPORT D'ACTIVITÉ HEBDOMADAIRE N° 02 -
Référence PM02 / 14 / AP / MÉNARD

Avancement des actions :

Yves Teulet a surpris avant-hier un homme en train de parler avec vos enfants. Il correspondait au signalement de Parpot. Mon collaborateur s'est immédiatement rapproché mais l'individu très craintif s'est aussitôt enfui.

Même questionnés par leur baby-sitter, vos enfants n'ont pas voulu répéter les paroles de cet homme. Ils semblaient assez impressionnés. Teulet n'a volontairement pas insisté. Je vous prierais cependant d'interroger vos enfants en profitant d'un moment opportun et de me rapporter leurs propos.

Dès que j'ai appris l'agression de Mme Ménard, je suis allé à Durban mener mon enquête. Malgré la présence souvent hostile des gendarmes, j'ai pu retrouver la piste de Parpot. D'abord à Ferrals-Corbières puis à Lézignan. Il avait malheureusement quitté cette ville la veille de mon arrivée.

J'ai pu cependant établir qu'il avait passé plusieurs nuits dans un refuge du Secours Catholique. Il a parlé avec plusieurs personnes. Son discours était confus, mais votre nom et celui de Durban y étaient régulièrement mentionnés.

Je suis persuadé qu'il a désormais rejoint Toulouse. L'incident avec vos enfants suffirait à le démontrer.

Évaluation des risques :

Parpot se rapproche de vous. Il a une logique propre, difficile à pénétrer même si quelques indices commencent à me la faire entrevoir. Il vous tourne autour. Votre vie est en grand danger. Cet homme n'a pas peur des conséquences de ses gestes. Il semble même souhaiter, dans son délire, que la Justice des hommes le punisse et le lave ainsi d'actes qu'il réprouve au fond de lui-même.

Tout paraît actuellement réuni pour une action désespérée qu'il sera pratiquement impossible de contrer à distance. Exigez une protection rapprochée de la police pendant quelques jours, ou confiez-nous cette nouvelle mission.

Je tiens également à vous signaler que le capitaine Chassagne a refusé de me donner des informations sur son enquête à Durban.

Je vous prie d'agréer, Monsieur, mes salutations distinguées.

Prochain rapport dans six jours
Ci-joint note de frais du 04.11.92 au 11.11.92

André Pacheco

BANQUE POPULAIRE TOULOUSE PYRENEES

BPF 4 000,00 F

QUATRE MILLE FRANCS

M. PACHECO

A TOULOUSE LE 14/11/1992

Cpt 0 93 15 103 017 29 / 50 ch.

S E R E M I P
142 rue de Périole
31000 TOULOUSE

05 62 87 48 60

TOULOUSE

POUR SOLDE DE TOUT COMPTE

J'ajoute que je n'avais pas besoin de votre dernier courrier pour savoir que ma vie est en danger. Je trouve aberrant d'accuser la Gendarmerie Nationale de vos propres incapacités. Elle n'est pas là pour fournir les informations à Monsieur Pacheco ! Quant à votre manie d'arriver juste après, c'est bien pratique pour meubler vos rapports.

Ménard

Alexis Ménard – 6e A1

15 novembre 1992

RÉDACTION

Sujet : Racontez la plus grande peur de votre vie.

<u>Introduction</u>

Un jour après les vacances, je suis sorti de l'école et j'ai eu la plus grande peur de ma vie.

<u>Développement</u>

J'étais au jardin Cafarelli avec mon copain Julien qui était allé se cacher derrière le petit pont japonais.

Il y avait un homme qui faisait peur qui s'est approché de moi. Il portait un costume noir. Il ressemblait pas aux gens qu'on voit d'habitude. Il m'a dit que mon père avait été très méchant et qu'il était obligé de le punir. Il a dit aussi qu'il serait obligé de s'occuper de moi à mon tour. J'ai demandé s'il était un exterminator. Il a répondu que oui. Il a dit qu'il me tuerait sans me faire souffrir. Mes jambes se sont mises à trembler et à ce moment-là un autre homme est sorti de derrière un autre arbre. Il a couru vers l'exterminator qui est parti en courant. C'était peut-être pas un vrai mais ses yeux étaient bien vrais.

Le deuxième monsieur est revenu vers moi sans avoir pu attraper l'exterminator qui courait très vite.

<u>Conclusion</u>

J'avais eu tellement peur que quand on m'a posé des questions, j'ai pas su répondre. Mon copain Julien a dû aussi avoir peur parce qu'il a dit qu'il avait rien vu.

15 novembre 1992

Monsieur André Pacheco
Détective
5, rue Riquet – 31000 Toulouse

Monsieur Ménard
Directeur de la SEREMIP
142, rue de Périole – 31400 TOULOUSE

Monsieur,

Je prends acte de votre décision, et me considère dès cet instant comme quitte de toute responsabilité envers ce qui pourrait vous arriver. À cet effet, je transmets copie de votre courrier à ma Chambre Syndicale afin de ne pas avoir de problème si vous étiez victime d'un « accident ».

Je n'avais accepté votre affaire que pour son aspect financier. Au début, je l'avais considérée comme un enfantillage ridicule, mais j'ai dû bien vite changer d'avis.

J'ai souvent eu l'occasion de côtoyer ou d'être confronté à des individus particulièrement retors. Aujourd'hui je suis persuadé que vous êtes dans une situation extrêmement périlleuse. Vous êtes au bord d'un gouffre dont votre ami Chassagne ne mesure pas la profondeur.

Je dispose d'indices que je ne vous ai pas communiqués à cause de leur interprétation délicate. Leur signification directe est d'ailleurs sans importance. En revanche leur découverte ou leur mise en scène peuvent permettre de pénétrer dans l'esprit du coupable. Cela exige une forme d'intelligence et de subtilité qui s'acquièrent au contact des grandes affaires, et non en relevant des chats écrasés à longueur de journée ! En l'état actuel, ces indices ne pourraient qu'égarer les démarches de votre ami.

Peu importe. Si la chance vous sourit et vous laisse le temps de me recontacter, sachez que désormais mon tarif forfaitaire pour appréhender Parpot sera de 60 000 francs avec ma parole de réussir en moins de deux semaines.

Salutations,

André Pacheco

15 novembre 1992

Barthélémy Parpot

Madame Jeanine Parpot
6, rue Pelletier – 34100 BÉZIERS

Ma chère maman,

J'ai vu Mathieu à Cahors qui m'a dit que tu étais au lit à cause du docteur et que tu étais bien malade. Je suis un mauvais fils de ne pas venir te voir, en ce moment c'est difficile pour moi parce que des gens me cherchent mais je pense toujours à toi quand nous étions ensemble à Béziers et que papa nous faisait rire à table. Ne crois pas que je ne veux pas te téléphoner parce que tu es sourde, c'est surtout parce que je n'ai pas confiance et que je suis sûr qu'on nous trompe quand on nous fait croire qu'on se parle vraiment avec ça. D'ailleurs je ne téléphone jamais, ni à personne. J'ai fait la chose importante. Mathieu m'a dit que tu avais le cancer avancé dans le corps et que le docteur te soignait bien avec courage. Il m'a dit que tu avais mauvaise mine mais que rien ne te faisait peur, ni la mort, tout comme moi parce que sur terre on passe et qu'il faut bien que toutes nos souffrances s'effacent aussi. Mathieu m'a dit que tu discutes souvent avec une bonne sœur, moi je n'arrive pas à rencontrer le bon Dieu bien que je lise la Bible à toutes les pages. C'est comme pour l'amour des femmes, je n'arrive jamais à l'avoir même avec ma Claudine Courvoisier de Novembre 1990 dont je t'ai déjà parlé. Je viendrai te voir quand j'aurai débarrassé ma Claudine de son bourreau et de ses enfants qui pourraient comme moi faire la vengeance. Je dois aussi refaire la chose importante de Durban que j'ai pas bien réussi. Tout ce travail me fatigue rien que d'y penser. C'est bien pénible aussi de devoir me cacher encore mais je suis bien obligé. Je jure que je t'embrasserai avant de faire la dernière chose ultime qui ne concernera que moi, mais qui est plus facile maintenant que je sais qu'elle me permettra de te retrouver bien vite comme avant. Je ne peux pas en parler. Il faut que tu te soignes bien même si tu veux aller retrouver le bon Dieu. Je t'embrasse ma maman,

Barthélémy

TOULOUSE – TARBES – PINAS

Madame Pierre Ménard et ses enfants,
Monsieur et Madame Paul Ménard,
le Médecin Colonel et Madame René Laffage,
Monsieur et Madame Cazeille ;
les familles Louchet, Abeilhou et Jourda,
parents et alliés
ont la douleur de vous faire part du décès de

PIERRE MÉNARD
Chevalier de la Légion d'Honneur
P-DG Fondateur de le SEREMIP
Vice-Président de la Chambre Économique

survenu tragiquement dans sa
quarante-deuxième année.

La cérémonie religieuse aura lieu le
Vendredi vingt-deux novembre
en l'église Notre-Dame-des-Lilas.

Le présent avis tient lieu de faire-part.
La famille ne reçoit pas.
Registre du deuil à l'entrée de l'Église.

La Dépêche du Midi

ASSASSINÉ DANS SA VOITURE PRÈS DE MONTAUDRAN

20-11-1992

Pierre Ménard, le dynamique P-DG de la SEREMIP, a été abattu de plusieurs coups de pistolet. Son corps a été retrouvé allongé sur la banquette arrière de son véhicule.

Un règlement de compte ou un crime crapuleux ?

Qu'allait donc faire Pierre Ménard dans ce terrain abandonné, à la limite de la zone industrielle de Montaudran ? S'y est-il rendu de son plein gré ou sous la menace d'une arme ? Y était-il attendu par un ou plusieurs individus ? Ainsi pourrait-on résumer les nombreuses questions qui se posent aux gendarmes chargés de l'enquête sur le meurtre du P-DG d'une des PME les plus connues de notre région. C'est hier matin que son corps a été découvert, criblé de balles, sur la banquette arrière de son véhicule, dissimulé sous une couverture verte. L'autopsie pratiquée à l'institut médico-légal de l'hôpital Purpan à Toulouse, a indiqué que la mort était due à une balle tirée en plein cœur, à bout portant. Les médecins ont extrait si autres balles du corps de la malheureuse victime, toutes logées dans les articulations : genoux, chevilles, et coudes. Un acharnement difficile à expliquer, tant il est évident qu'un seul de ces projectiles aurait suffi à prévenir toute tentative de fuite.

P-DG de la SEREMIP qu'il avait fondée voilà huit ans, Pierre Ménard avait quitté son bureau vers 22 heures au volant de sa BMW grise. Aucun rendez-vous n'était inscrit sur son agenda. On suppose que M. Ménard s'apprêtait à regagner son domicile en allant rejoindre la route de Castres au carrefour de la Grande Plaine. Pourtant arrivée à hauteur de l'AFPA, sa voiture s'engageait sur une petite route qui borde l'édifice et se termine quelques centaines de mètres plus loin dans des terrains vagues.

Un rendez-vous mystérieux ?

C'est en bordure d'un de ces terrains, à six cents mètres environ de l'AFPA, que la BMW a été repérée, peu avant midi, par une patrouille de gendarmerie. Quelle obscure motivation a bien pu inciter le P-DG à s'engager sur ce chemin désert ? Avait-il un rendez-vous secret à l'abri des regards indiscrets ? A-t-il été amené sous la menace d'un revolver ? Les deux hypothèses sont prises très au sérieux par les gendarmes de la section recherche de Toulouse-Rangueil qui tentent de découvrir le mobile du meurtre. En fin de soirée, on apprenait que les papiers, l'argent et les cartes de crédit de la victime n'avaient pas été dérobés. Une information qui discrédite la thèse du crime crapuleux. Il semble en effet improbable que l'agresseur qui a pris le temps de tirer sept fois sur sa victime et de la dissimuler sous une couverture, ait pu oublier d'emporter son butin.

La vengeance d'un détraqué ?

La brutale disparition de Pierre Ménard a jeté la consternation dans sa dynamique entreprise, ainsi qu'à la jeune chambre économique dont il était l'un des vice-présidents très apprécié. Hier après-midi, l'enquête a débuté par l'interrogatoire des gardiens des établissements industriels de la zone, mais aucun témoignage intéressant n'a pu être recueilli sans doute à cause de l'éloignement et du bruit de l'autoroute voisine. Les gendarmes ont également entendu les proches de la victime ainsi que son entourage professionnel. La piste la plus sérieuse serait celle d'une vengeance commise par un chômeur en crise qu'aurait récemment éconduit M. Ménard. Les enquêteurs sont restés très discrets sur cette hypothèse en attendant sans doute de réunir plus d'informations. Mais ce soir, après une première journée de recherche, on peut affirmer que le crime de Montaudran conserve tout son mystère.

21 novembre 1992

Henri d'Hauricourt
3, rue Croix-Baragnon – 31000 TOULOUSE

Geneviève Ménard
Le Val Fleuri – Chbr 34
1, rue Mozart – 31700 BLAGNAC

Chère Geneviève,

L'affreuse nouvelle de l'accident de votre mari m'est arrivée ce matin. Je ne l'avais rencontré qu'une seule fois. C'était au cours d'une réunion sur notre pénible affaire mais il m'avait semblé être un de ces hommes francs et dynamiques qu'il est agréable de côtoyer.

J'imagine votre incompréhension devant cette mort scandaleuse, et votre désespoir. Je voudrais seulement vous dire que je suis bouleversé du malheur qui vous frappe à nouveau, et que je prends part du fond du cœur à votre peine.

Je pense à vous, chère Geneviève, et je voudrais trouver les mots pour vous dire que votre chagrin est mon chagrin et à quel point cette disparition me semble injuste.

Je suppose que vous allez rapidement quitter cette maison de repos et retrouver vos deux enfants qui auront bien besoin de vous. Je sais qu'ils seront votre plus grand réconfort et votre raison de vivre.

De tout cœur je suis avec vous,

Henri d'Hauricourt

La Dépêche du Midi

22-11-1992
MEURTRE DE MONTAUDRAN :
les premières pistes

Le mystère le plus épais entoure encore le meurtre de Pierre Ménard, retrouvé criblé de balles dans sa voiture, près de Montaudran, dans la nuit du 19 novembre.

L'hypothèse du vol ne tient pas plus que celle d'une tentative de récupération de la voiture par la force, selon des procédés qui se sont déroulés à quatre reprises ces dernières semaines dans la banlieue de Toulouse.

On s'explique mal ce que Pierre Ménard est venu faire dans cet endroit désert, en pleine nuit si l'on exclut la thèse où on l'aurait obligé à se rendre sous la menace d'une arme.

Resterait la vengeance privée. Hypothèse que nous évoquions dans l'une de nos précédentes éditions et qui semble retenir de plus en plus l'attention des enquêteurs. En effet un malade mental, Barthélémy P..., semblait s'acharner sur Pierre Ménard depuis plusieurs semaines. On suspecte même ce Barthélémy P... de s'être rendu coupable d'une agression sexuelle sur l'épouse de la victime, Mme Geneviève Ménard, deux semaines auparavant, à Durban dans l'Aude.

La police recherche activement ce suspect, et il ne faut pas douter qu'on y verra beaucoup plus clair dès qu'il aura été appréhendé.

EXTRAIT DU JOURNAL DE CLAUDINE COURVOISIER

21 novembre :

Ménard est MORT.

Assassiné de façon atroce, comme Parpot l'avait écrit. Je suis la vraie coupable, la seule. Dans mon coin, avec une simple lettre, j'ai violé et tué. Les plaquettes de Temesta n'y peuvent rien !

Voilà trois jours que c'est arrivé. Henri m'a téléphoné dès le lendemain. Sa voix était décomposée, fatiguée, il a cherché à me rassurer mais il n'y croyait pas lui-même. Même sa respiration trahissait les efforts qu'il faisait pour être encore gentil avec moi.

Ma vie avec lui est finie. La chambre de nos enfants avec la tapisserie claire et la malle à jouets, ne sortira jamais de ma tête. C'est affreux d'avoir tellement de malchance ! Cette lettre ne voulait pas tout ça. De toute façon, ma vie n'est qu'une immense catastrophe. J'ai toujours fait la contente comme si tout allait bien, mais là c'est trop, trop et trop ! S'il n'y avait pas Valérie, je sauterais immédiatement par la fenêtre et je serais enfin débarrassée de moi pour toujours.

22 novembre :

Henri n'est toujours pas venu me voir. Peut-être qu'il se sent aussi un peu coupable. Il faudra que je lui dise que je suis la seule responsable, qu'il doit poursuivre sa jolie vie comme avant, qu'il doit oublier tous les débiles de la terre parce qu'il n'est pas né pour ça. Il y a des gens exprès...

Il me fuit. Depuis le 11 novembre, je n'ai plus passé une soirée avec lui, et les rares fois où je l'ai rencontré, il avait cet air bouleversé et absent qui le rend inaccessible.

Il n'ose pas encore en finir avec moi parce que Parpot est en liberté, mais je l'entends déjà m'expliquer que plus rien n'est désormais possible entre nous, qu'on ne construit pas de bonheur sur le malheur d'autrui, et tout le reste.

23 novembre :

Ce matin je me suis réveillée pleine de tristesse. Cette longue journée étalée devant moi, sans but ni envie, m'effrayait. Vers dix heures, je suis descendue m'acheter un croissant, j'ai vu Parpot. Il était immobile, à demi caché derrière le kiosque à journaux, les yeux fixés sur la porte de mon immeuble. Nos regards se sont croisés, je me suis précipitée vers lui. Il s'est immédiatement enfui dans les petites rues. Je l'ai poursuivi un moment jusqu'à ce qu'il disparaisse définitivement derrière les Jacobins.

J'ai téléphoné à Henri mais quand sa voix triste m'a dit « allô », j'ai raccroché. J'ai finalement appelé Monsieur Pacheco, le détective qui m'avait laissé sa carte. Il m'a dit qu'il ne s'occupait plus de l'affaire. J'ai répondu qu'il avait bien de la chance. Il a dû deviner mes larmes parce qu'il s'est mis à me parler avec douceur, d'une voix ferme et apaisante.

D'après lui, tous les criminels sont programmés pour aller au bout de leur destin. Parpot comme les autres, et si ça n'avait pas été ma lettre, il y aurait eu une autre raison. On n'est pas coupable de la folie des autres parce que le geste ultime, l'unique, le vrai, n'appartient qu'à eux. Un être normal a toujours un scrupule au dernier moment... C'est la seule chose qui le distingue d'un meurtrier.

Ces paroles m'ont calmée parce qu'elles étaient dites avec conviction. Monsieur Pacheco est très intelligent.

Il pense aussi que c'est prétentieux de se croire coupable des actes d'un autre. J'aimerais bien qu'il explique tout ça à Henri.

J'ai rendu visite à Valérie. Nous nous sommes longtemps promenées dans le parc en nous tenant la main. Le temps était beau et très froid, les arbres ont perdu leurs dernières feuilles, j'aime cette rigueur un peu triste du début de l'hiver. J'avais ma vieille capeline. Valérie a remarqué que j'étais pas maquillée. Elle est parfois surprenante ! Je lui ai encore raconté comment elle était avant l'opération mais ça l'intéresse moins qu'autrefois.

23 novembre 1992

Barthélémy Parpot
dans la Maison du Parc

Madame Jeanine Parpot
6, rue Pelletier– 34100 BÉZIERS

Ma chère maman,

La vie me contrarie tout le temps et s'acharne sur moi car rien ne se passe comme je veux. J'ai lu dans le journal que le cancer n'est pas aussi mortel qu'on croit et qu'on le soigne sauf dans le cerveau ce qui doit pas être ton cas. Moi ma tête me fait toujours mal et j'aimerais bien que ce soit le cancer comme ça je serais sûr que ça finira vite, car j'ai peur d'avoir peur pour le dernier geste ultime. Enfin je vais désormais bientôt pouvoir venir te voir dans trois jours ou cinq. Je suis content que tu arrives maintenant à croire au bon Dieu et je suis rassuré de savoir qu'on est obligé d'avoir la croyance quand la mort approche. Mais dès fois quand je suis tout seul dans la maison isolée au milieu du parc, il me tarde d'avoir le soutien du bon Dieu vu l'histoire bien difficile que je suis obligé de vivre. De toute façon, ne crois jamais ce que les gens diront de moi. Rien n'est vrai, ils sont méchants quand ils ont de l'argent et la famille. Ils oublient qu'il fait froid et faim et seul dehors dans les rues. Ils pensent que ça peut pas leur arriver. Mais si ça leur arrive, ils sont ensuite plus malheureux que les autres et c'est bien fait que leur tour soit venu. Car le tour finit toujours par arriver, toujours. Je viens te voir bientôt et tu me diras ce que tu penses finalement de ma vie, car moi je sais pas bien. Je t'embrasse ma maman,

Barthélemy

24 novembre 1992

Madame Geneviève Ménard
Le Val Fleuri – Chbre 34
1, rue Mozart – 31 700 BLAGNAC
à

Monsieur Henri d'Hauricourt
3, rue Croix Baragnon – 31000 TOULOUSE

Mon cher Henri,

Je vous remercie de votre lettre. Les mots me manquent pour parler de toutes les terribles choses qui se sont abattues sur ma vie en si peu de temps.

Je vais rester encore quelques semaines dans cette maison de repos, car je n'ai ni courage, ni force. Quant aux enfants que vous évoquez, ce ne sont pas les miens. C'étaient ceux du premier mariage de Pierre, et ils sont déjà retournés chez leur mère. Peu m'importe aujourd'hui.

Ne venez pas me rendre visite. Ne m'envoyez pas de fleurs. Je ne veux voir personne. Excusez-moi de ne pas vous avoir reçu l'autre jour. L'infirmière m'avait bien annoncé votre présence mais bavarder était déjà au-dessus de mes forces. Je n'ai même pas eu le courage d'aller à l'enterrement de Pierre, et je m'en veux terriblement. Tout m'est devenu odieux et insupportable.

Quand je sortirai d'ici, j'essaierai d'aller vivre loin de Toulouse pour briser définitivement ce cauchemar.

Notre brève rencontre restera pour moi un souvenir agréable, mais nos chemins se séparent ici. Je vous sais assez intelligent et sensible pour comprendre que mon équilibre est lié à la délivrance de tout ce qui s'attache à ces vingt derniers jours.

Je vous souhaite, cher Henri, beaucoup de bonheur et de réussite dans les projets de votre vie. Sincères amitiés,

Geneviève Ménard

24 novembre 1992

Barthélémy Parpot
dans la Maison du Parc

Monsieur Henri d'Hauricourt
3, rue Croix Baragnon – 31000 TOULOUSE

Monsieur Henri,

Les choses de la vie s'acharnent toujours à me contrarier et je voudrais vous prier très sincèrement de les excuser tout comme moi. Je vous avais donné ma Claudine Courvoisier pour qu'elle soit heureuse avec vous et pour que cela soit très sûr, j'avais la mission à accomplir. Mais je n'ai pas la chance de la vie, et rien n'est jamais épargné à ceux qui n'ont pas la chance comme moi, même ma vengeance qui ne se déroule pas comme prévu avec la vraie et lente souffrance qui lave l'âme et qui apaiserait durablement ma Claudine. Il faut que je retrouve Mme Ménard pour achever et aussi je me pose la question au sujet des enfants du couple Ménard. En vérité je vous écris pour vous poser la question. J'avais pensé que je devais les éliminer aussi pour pas qu'ils fassent plus tard une vengeance contre vous et Claudine mais c'est difficile de supprimer des enfants surtout quand on en a pas eu soi-même. Alors vous pourriez me dire ce que je dois faire et je vous obéirai vu que c'est surtout pour votre bonheur que je fais tout ça. Faites-moi la réponse dans le journal d'après-demain que je lirai pour une fois. Mais avant de finir ce qui doit être fini et d'aller au jugement dernier, j'ai décidé de faire un cadeau à Claudine pour être sûr qu'elle me pardonnera et qu'elle ne me poursuivra plus jamais dans les rues parce que c'est trop horrible de devoir s'enfuir quand votre femme pour la vie vous poursuit. Ce sera une grande surprise de bonheur auquel elle s'attend pas vu que c'est au sujet du grand secret de sa vie. Elle me l'avait confié un soir de tristesse au CNAM mais elle a dû oublier et c'est pour ça que la surprise sera grande. Je voudrais pourtant vous voir et parler avec vous comme avant, mais je ne peux pas rencontrer ma Claudine, vous ne savez pas pourquoi mais moi oui. C'est ainsi. C'est comme ma maman qui est très malade de mort mais qui est sourde et ne l'entend pas venir. C'est bien triste le cancer quand il touche votre maman. Je vous délivre mon amitié,

Barthélémy votre ami

« :::::: FAX :::::: FAX :::::: FAX :::::: 25.11.1992/14 h 30 :::::::

<u>EXPÉDITEUR</u> : Monsieur Henri d'Hauricourt
Fax : 61.52.14.28 – Tél : 61.52.22.22
<u>DESTINATAIRE</u> : Monsieur André Pacheco
Agence de Détectives – Fax 61.63.01.84

DATE : 25-11-1992 NOMBRE PAGES : 1

Monsieur,

Lors d'une réunion tenue le 30 octobre et à laquelle il m'a été donné de participer, M. Ménard avait mentionné votre nom et la mission qu'il vous avait alors confiée.

Aujourd'hui M. Ménard est décédé, vraisemblablement abattu par les coups de ce Barthélémy Parpot qu'il vous avait alors demandé de rechercher.

Selon toutes évidences, M. Parpot n'en finit pas de vouloir se venger et je redoute fort qu'il ne commette bientôt de nouveaux méfaits. Le Capitaine Chassagne de la Gendarmerie Nationale m'a sèchement assuré qu'il avait pris ses dispositions mais je préfère mettre toutes les chances de mon côté.

Je suis persuadé qu'ayant déjà poursuivi cet homme vous êtes le plus compétent pour le retrouver. Je souhaite que vous me téléphoniez dès votre retour et que nous nous rencontrions dès ce soir afin que je puisse vous communiquer toutes les informations en ma possession, ainsi qu'un acompte sur vos honoraires.

Dans l'attente de votre appel, je vous prie d'agréer, Monsieur, l'expression de mes sentiments distingués.

Henri d'Hauricourt

EXTRAIT DU JOURNAL DE CLAUDINE COURVOISIER

25 novembre :

Henri a sonné chez moi. Il est entré sans un mot, avec un sourire forcé, puis il s'est assis sur le divan. Il avait le visage tiré, bouleversé. Il m'a tendu une enveloppe blanche. La dernière lettre qu'il venait de recevoir de Barthélémy.

« Quel est donc ce grand secret ? » m'a-t-il demandé tandis que je finissais de la lire. Puis il a ajouté : « Je vous en prie Claudine, brisez ces mystères dont vous entourez votre vie. Il s'agit d'éviter d'autres drames... »

Je n'ai pas hésité. Il n'y avait plus rien à sauver entre nous. Je lui ai tout balancé en vrac : Maman morte en m'accouchant. Valérie, mon inséparable jumelle adorée jusqu'à douze ans, jusqu'à l'appendicite et l'anesthésie. Le docteur qui a parlé d'un incident respiratoire. Le petit légume qu'ils nous ont rendu, incapable de se souvenir de nous. Depuis elle rit, elle pleure, elle se brûle, elle a froid, elle a faim ou soif, et sa vie s'arrête là. Le salaud d'anesthésiste ne s'est même pas excusé et papa était trop respectueux de sa blouse blanche pour lui casser la tête en deux. La mort de papa deux ans plus tard, et la dispersion finale, lui dans son tombeau en ciment triste, elle dans son Centre de débiles, et moi à l'orphelinat. Je n'ai pas expliqué à Henri que tous mes grand-parents avaient eu la mauvaise idée d'habiter Varsovie en 1943, parce que ça obligeait à dire que le vrai nom de papa était Silberman et qu'il avait passé la moitié de sa vie à changer de nom. Face à la généalogie en béton des Hauricourt ça aurait fait un peu lâche !

Tout en parlant, je réfléchissais à ce que j'avais pu dire à Barthélémy, et peu à peu ça me revenait. Je revoyais un amphi à moitié vide, et le type en bas qui s'agitait sur la comptabilité catalytique. Parpot me collait, et je pensais que ce serait quand même super si l'Autre Moi-Même arrivait à se débrouiller comme lui. J'avais soudain eu envie de lui raconter Valérie, et il m'avait écouté dans un silence fraternel.

Tout cela me semblait loin. Je ne voulais plus évoquer ces moments ni mes projets pour elle. Il était trop tard. Je me suis tue.

Henri a semblé ému. Il a eu la pudeur de ne poser aucune question, il m'a simplement caressé la joue d'un geste amical avant de se lancer dans des explications qui ne m'intéressaient plus. Il voulait arrêter Barthélémy, prévenir Chassagne, diffuser des photos. Il parlait pour s'étourdir. Il allait rédiger une annonce dans le journal, répondre à Barthélémy, lui tendre un piège demain soir. Je n'existais plus pour lui. Ni pour personne. J'étais presque déjà morte.

ANNONCE À PARAÎTRE DANS LA DÉPÊCHE ET LE MIDI LIBRE DU 26.11.92

(En page 2 – Gros caractères - 1/4 de page)

« Barthélémy,

Claudine se remet. Elle est heureuse de vivre. Elle ne vous en veut plus. Elle vous a poursuivi dans la rue pour faire la paix avec vous...

Surtout ne touchez pas aux enfants. Claudine vous l'interdit.

Il faut nous rencontrer et parler. Je vous propose mardi 28 novembre à 21 heures, au buffet « Départ » de la gare de Toulouse. Je serai seul. Je vous attendrai. Henri. »

TICKET SNACK BAR HALL DE GARE

Table 18

28/11/92 20:50

Café	**... ... ...**	**6,00 F**
TVA 5,5 %	**... ... ...**	**0,33 F**
Montant	**... ... ...**	**6,33 F**

Table 22

28/11/92 21:02

Whisky	**... ... ...**	**20,85 F**
TVA 5,5 %	**... ... ...**	**1,15 F**
Montant	**... ... ...**	**22,00 F**

BILLET PORTÉ PAR LE SERVEUR ENTRE TABLE 22 ET TABLE 18

« Arrêtez de regarder partout et de vous agiter. Nous en avons peut-être pour une heure ou deux. Ne vous impatientez pas. Les planques sont souvent longues. Allez faire un flipper. Ça vous calmera et vous surveillerez le hall.

Pacheco »

TABLEAU DE MARQUE « STAR FIGHTER » – SNACK BAR GARE

.....Best Score...28.11.92....

ABDELLAZIZ	**258.800**	**10 h 05**
KADER ANSELEM	**248.000**	**13 h 10**
DENIS TESSANDIER	**189.950**	**11 h 05**
D'HAURICOURT	**177.700**	**21 h 35**
BENHADJI	**159.600**	**18 h 38**

TICKET SNACK BAR HALL DE GARE

Table 18	
28/11/92 22 :15	
Café	**6,00 F**
TVA 5,5 %	**0,60 F**
Montant	**6,60 F**

BILLET PORTÉ PAR LE SERVEUR ENTRE TABLE 22 ET TABLE 18

« Inutile d'insister. Ne quittons pas le snack ensemble. On se retrouve dans cinq minutes au Bar l'Étincelle de l'autre côté du boulevard.

Pacheco »

TÉLÉGRAMME DE L'HÔPITAL PSYCHIATRIQUE CHARCOT

TÉLÉGRAMME – CENTRE ESQUIROL
29.11.92 – 8 H 40 –

À MADAME CLAUDINE COURVOISIER,
8, RUE DE LA TRINITÉ, 31000 TOULOUSE.

VALÉRIE COURVOISIER ÉCHAPPÉE AVEC HOMME NON IDENTIFIÉ. STOP. AUCUN INDICE PRÉCIS. STOP. ME TÉLÉPHONER DE TOUTE URGENCE AU 61.11.45.45. STOP.

Docteur Legain

EXTRAIT DU JOURNAL DE CLAUDINE COURVOISIER

29 novembre :

Mon Dieu, quelle journée ! Le comble de l'horreur.

Ma petite Valérie est entre les mains de Parpot. Je tremble à la pensée de ce qu'il peut lui faire. Les gendarmes ne les retrouveront jamais. Ce sont des incapables.

Ce matin après le télégramme et l'hôpital, j'ai téléphoné à Henri. Il est immédiatement arrivé. Il m'a demandé ce que j'avais confié à Parpot au sujet de Valérie. Son visage était sombre. Nous étions au Café des Arts, assis sur la banquette du fond. « Il ne s'agit plus de minauder mais de sauver Valérie ! » C'est lui qui, d'une voix ferme, osait me faire la morale sur l'Autre Moi-Même... Personne n'en a le droit ! Je suis la seule qui l'aime et qui s'occupe d'elle. La colère m'est montée, froide, résolue, irréversible. Je lui ai dit le regard droit, planté au fond de lui : « Ça n'a plus d'importance aujourd'hui ! Parpot savait que je m'étais juré de tirer Valérie de son asile, de vivre avec elle et de n'épouser qu'un garçon qui accepterait ça. »

Ma voix était étonnamment douce, elle m'impressionnait moi-même. J'ai pris mon sac, je me suis levée et je suis partie parce que Chassagne m'attendait. Henri semblait abasourdi, loin de moi et désolé de l'être.

Il m'a rattrapée devant la poste. Il m'a saisie par le bras, et de sa voix éraillée, il m'a demandé « C'était si difficile à dire ? »

Ensuite il a ajouté : « Nous sortirons Valérie de cette pénible histoire. J'ai engagé le détective. »

D'après lui, ma petite sœur ne risque rien car Barthélémy est trop amoureux de moi pour lui faire le moindre mal. Mais quand je lui rétorque que ce même homme a été capable de torturer Geneviève, une femme qui ne lui avait rien fait, il regarde les lampadaires, et si je continue avec le meurtre de Ménard, il répond que Dom Clément nous éclairera. Sauf que son grand sorcier doit s'y connaître en fou furieux comme moi en théologie !

29 novembre 1992

Henri d'Hauricourt
3, rue Croix Baragnon – 31000 Toulouse

Père Dom Clément
Petite Abbaye – 91450 Dourdan

Père,

J'ai plus que jamais besoin de vos lumières et de votre soutien. Vous savez dans quel désordre ma vie a basculé depuis ces dernières semaines et les décisions pénibles que j'ai dû prendre.

La nuit dernière, un nouveau tourment s'est ajouté aux précédents : Parpot a enlevé la sœur de Claudine, une jeune femme à l'esprit dérangé, sans repère social ni moral. Je crains beaucoup pour elle.

Père, pensez-vous qu'un homme, capable de succomber à ses désirs les plus vils, puisse respecter ce qu'il aime ? Pensez-vous qu'un homme qui a torturé son semblable puisse respecter la jeune innocente qui tombe entre ses mains ? Et s'il le veut, peut-il trouver la force de tempérer la tyrannie de ses instincts ?

J'essaie de rassurer Claudine mais je doute que cette vilaine histoire trouve une heureuse conclusion. J'ai l'impression de glisser dans un torrent de montagne qui m'entraînerait implacablement vers un gouffre. Les parois de ce torrent sont lisses et dénuées de branchage. Seul un concours divin pourrait en arrêter le flot.

Je veux garder l'espoir, et votre soutien m'est déjà précieux. Je suis impatient de vous lire.

Sincères dévouements,

Henri d'Hauricourt

29 novembre 1992

Barthélémy Parpot
dans la Maison du Parc

Monsieur Henri d'Hauricourt
3, rue Croix Baragnon – 31000 TOULOUSE

Monsieur Henri,

Vous ne m'avez pas répondu comme je l'espérais tant au sujet de la question que je vous avais posée, pourtant j'ai acheté *L'Indépendant* tous les jours et je l'ai lu à chaque ligne. Peut-être n'osez-vous pas écrire dans le journal qu'il faut les supprimer, mais je suis déjà allé voir le petit garçon qui a effectivement un air mauvais comme son père alors que mes enfants auraient eu des airs gentils et doux. Alors je vous comprends sans que vous le disiez ce qui est normal puisqu'on est ami et que le propre des amis c'est de se comprendre sans rien dire. J'ai préféré commencer par le cadeau à Claudine et j'ai réussi à emmener Valérie avec moi ce qui m'a rendu très content parce que je réussis pas souvent aussi bien ce que je souhaite. Elle est marrante et on s'entend bien tous les deux. Demain ou après demain, je l'amènerai à Claudine pour qu'elle vive avec elle et elle sera émue de savoir que c'est moi qui l'ai délivrée de sa prison. Ensuite je retrouverai Mme Ménard, j'accomplirai vite ce qui doit être accompli avec les autres et j'en finirai après avec moi dès que je vous aurai revu ainsi que ma maman pour vous dire adieu, et je préfère qu'il en soit ainsi.

Barthélémy, votre ami

ANNONCE PARUE DANS *L'INDÉPENDANT* DU 30.11.92

(En page 4 – Gros caractères - 1/4 de page)

« Barthélémy,

Claudine est heureuse de vivre. Elle ne vous en veut plus. Elle veut faire la paix avec vous.

Surtout ne touchez pas aux enfants des Ménard et ramenez vite Valérie comme vous l'avez promis à Claudine.

Nous pouvons nous rencontrer demain soir 2 décembre, à 21 heures, au buffet « départ » de la gare de Toulouse. Je viendrai seul. Amenez Valérie. Je vous attendrai. Henri »

BÉZIERS

Monsieur Mathieu PARPOT
et son frère Barthélémy,
Monsieur et Madame Sylvestre Laffon,
parents et alliés
ont la douleur de vous faire part du décès de

Madame Veuve Robert PARPOT
Née Louise LAFFON
Âgée de 76 ans

Les obsèques se dérouleront lundi matin à dix heures. Rendez-vous est donné au cimetière Neuf. Sans fleur, ni couronne.

Le présent avis tient lieu de faire-part.

ARTICLE DU *MIDI LIBRE* DU 01-12-1992 (édition Hérault)

UN ENTERREMENT MOUVEMENTÉ

C'est lors de l'enterrement de Mme Parpot, ancienne syndicaliste bien connue des milieux militants communistes d'Issanka, qu'une scène hors du commun s'est déroulée. Il était seize heures lorsque le convoi funèbre a pénétré dans l'enclos du cimetière Neuf à Béziers. Une centaine de personnes composait le cortège à la tête duquel les deux fils de Mme Parpot, Mathieu et Barthélémy, avaient pris place. Lorsque tout ce monde fut entré, quatre voitures de police sont arrivées discrètement et des hommes en civil en sont descendus pour se poster aux quatre sorties du cimetière. Pendant ce temps, d'autres policiers se mêlaient à la foule qui était en train d'écouter l'oraison funèbre prononcée par Jean Calvet, le dirigeant cégétiste bien connu.

La terre n'avait pas encore recouvert le cercueil que Barthélémy Parpot était appréhendé par la police et rapidement emmené dans une voiture sous le regard médusé des amis de la famille.

Cet homme était en effet recherché par la police pour viol et assassinat depuis plusieurs semaines. C'est la gendarmerie de Béziers qui faisant le rapprochement entre l'avis de recherche reçu quelques jours auparavant et l'acte de décès paru dans la presse, a eu l'idée de tendre cette embuscade en espérant que le fils ne pourrait s'empêcher de venir sur la tombe de sa mère. La manœuvre était habile.

Barthélémy Parpot devait être transféré en fin de soirée à la prison Saint-Michel de Toulouse, où les policiers chargés de l'enquête l'attendent avec impatience.

1er décembre 1992

Père Dom Clément
Petite Abbaye – 91450 Dourdan

Henri d'Hauricourt
3, rue Croix Baragnon – 31000 Toulouse

Mon cher Henri,

Je rentre ce jour de Saint-Germain où notre petite communauté était en retraite. C'était un moment réconfortant que je vous convie à venir partager une prochaine fois avec nous. J'ai beaucoup médité et prié pour vous, et j'ai pensé vous livrer quelques réflexions qui apaiseront, je l'espère, certaines de vos inquiétudes.

Vous savez combien j'apprécie votre ouverture sur les autres. Il faut savoir aujourd'hui aller plus loin et ne pas faire montre d'une intransigeance trop rigoureuse. La nature humaine n'est jamais totalement bonne ni totalement mauvaise, c'est là justement toute sa richesse. Essayez de comprendre les raisons qui ont poussé Claudine à écrire cette lettre, et ne négligez jamais l'importance des circonstances dont on dit si justement qu'elles sont aggravantes ou atténuantes.

Pourquoi vous être volontairement écarté de cette jeune femme ? Les obstacles circonstanciels, si graves soient-ils, ne sont rien à côté d'un véritable amour. Craignez, Henri, de perdre cette possibilité de bonheur par peur d'affronter des situations essentiellement subjectives.

Quant à Barthélémy, vous devriez attendre que la lumière soit faite avant d'acquérir toute conviction. Je vous conseille de conserver votre bienveillance et de susciter des confidences qui vous permettront peut-être de sauver la jeune fille.

Pourquoi envisager le pire ? L'omnipotence du Mal n'est pas de ce monde. Parce que vous supposez un crime, vous accablez Parpot pour tous ses actes à venir. Il est beaucoup d'hommes qui, ayant un jour accompli un acte horrible, vivent le repentir toute leur vie. Dieu ne condamne jamais l'avenir de l'Homme.

Je souhaite que ces quelques lignes vous aident à trouver l'apaisement et vous redis, mon cher Henri, toute la place que vous occupez dans mes pensées.

Père Dom Clément

2 décembre 1992

Henri d'Hauricourt
3, rue Croix Baragnon – 31000 TOULOUSE

Barthélémy Parpot
Prison Saint Michel – 31052 TOULOUSE Cedex

Cher Barthélémy,

J'ai appris dans les journaux votre arrestation et je me suis aussitôt empressé de demander une autorisation de visite.

Je dois vous dire qu'elle m'a été refusée.

Je suppose que les policiers et le juge d'instruction doivent vous harceler de questions. Avez-vous un avocat qui vous assiste ?

Quoi qu'il en soit, si vous avez encore quelque confiance en moi comme vos dernières lettres me le laissent croire, je vous conjure de m'écrire en détail ce qui s'est réellement passé à Durban avec Mme Ménard, à Montaudran avec son mari et surtout avec Valérie.

Je croirai votre explication car je sais que vous êtes franc et sérieux. Les événements vous ont sans doute dépassé mais sachez que la compréhension existe encore dans ce monde et que personne n'est jamais définitivement condamné.

J'attends votre lettre. Vous vouliez le bonheur de Claudine, peut-être y contribuerez-vous réellement en nous aidant à retrouver Valérie saine et sauve. En écrivant cette lettre. Avec la vérité... Celle dont vous m'aviez parlé avec tant de ferveur, un soir en quittant la maison de Claudine.

Amitiés,

Henri d'Hauricourt

La Dépêche du Midi

03-12-1992

DÉNOUEMENT DE L'AFFAIRE DE MONTAUDRAN : LE SUSPECT N° 1 AVOUE

L'affaire du meurtre sauvage de Montaudran qui a défrayé la chronique depuis plusieurs jours, a trouvé hier son dénouement. Barthélémy Parpot qui avait été arrêté à Béziers comme nous le relations jeudi, est passé aux aveux.

Il voulait se venger de Pierre Ménard qui aurait séduit la jeune femme qu'il avait projeté d'épouser. C'est pour cette raison que cet homme, qui n'a pas toute sa raison, avait décidé de se venger. Il avait commencé par saccager la voiture du P-DG, avant d'essayer quelques jours plus tard de mettre le feu à l'immeuble occupé par la famille Ménard. Il n'allait malheureusement pas s'en tenir là.

Il franchissait un pas de plus en agressant violemment Mme Ménard dans sa maison de campagne de Durban.

Depuis lors, il était activement recherché par les gendarmes. En vain. Dans la nuit du 19 novembre, il réussissait à s'introduire dans le véhicule de M. Ménard et l'obligeait à s'arrêter dans le terrain vague où sa main ne devait pas trembler. Il exécutait minutieusement le plan qu'il avait mis par écrit des semaines avant. L'homme doit être examiné dans les prochains jours par les psychiatres de l'hôpital Charcot.

Quelques points restent cependant encore à éclaircir. Les policiers ont d'ailleurs prévu de continuer leur enquête avant de confier le dossier au juge d'instruction. On comprend mal en effet comment Parpot a réussi à s'introduire dans la voiture de Ménard le soir du meurtre. Un témoignage semble affirmer que M. Ménard aurait été vu seul dans sa voiture quand il a quitté son bureau. Mais dans ce cas, on peut se demander pourquoi le jeune P-DG de la SEREMIP se serait rendu seul à un rendez-vous fixé par Parpot.

Face aux déclarations très confuses de l'assassin, il faut souligner qu'il aura fallu tout le talent des enquêteurs pour dénouer l'écheveau. Nul ne doute désormais que les dernières questions seront éclaircies dans les prochains jours.

Place Saint Sernain – Toulouse

Barthélémy,

ÉCRIS-MOI ce qui s'est passé. Avec tes mots.

Je t'en prie pour ta Claudine, pour Valérie, pour moi et pour toi.

Ton unique et sincère ami,

Henri

M. Bathélémy Parpot

12, rue des Lois

31000 TOULOUSE

Reproduction interdite

EXTRAIT DU JOURNAL DE CLAUDINE COURVOISIER

2 décembre :

Il faut que je raconte vite cette journée horrible pour la chasser de ma mémoire. J'écris au crayon à papier pour l'effacer plus tard et ne jamais retomber sur ces moments.

Les gendarmes m'ont demandé dix fois mon nom, adresse, date de naissance. Voilà à quoi ces incapables passent leur temps ! Ils sont plus forts pour écrire des rapports et me tutoyer que pour chercher Valérie. Ils m'avaient convoquée à 10 heures. J'avais mis un jean et mon gros chandail vert. Je croyais être victime ou témoin mais ils me sont une nouvelle fois tombés dessus à cause de la lettre. Ils se fichent de Valérie, ils veulent seulement des preuves pour bien ficeler l'assassin de Ménard !

Parpot n'a presque rien dit sur Valérie. Sauf qu'il lui a donné à manger, qu'elle est drôle mais agaçante car elle se rappelle jamais de rien et qu'elle fait des choses incroyables. Il aurait passé son temps à la périphérie de Béziers dans la maison du garde d'un domaine abandonné. Les flics m'ont tout juste dit qu'il n'y avait plus personne à l'endroit désigné. Quand je posais des questions, ils haussaient les épaules. Ils ont ensuite voulu me confronter à Parpot, mais dès que je suis entrée dans la pièce, il a enfoui la tête dans ses bras, sous sa veste, et il a remonté ses pieds contre ses fesses. Une vraie boule humaine. Ils s'y sont mis à trois sans arriver à le décoincer. Il a hurlé et bavé jusqu'à ce que le psy me fasse sortir.

J'en étais encore toute bouleversée quand Chassagne

est venu me retrouver dans le couloir. D'un geste il a fait s'éloigner les deux gendarmes en faction. Il a approché une chaise et collé sa tête contre la mienne. Son haleine sentait très mauvais. Comme j'avais les yeux baissés, il m'a pincé la joue pour m'obliger à le regarder et il m'a dit un truc du genre « Je viens de perdre mon meilleur ami, sa femme est au bord de la folie. Tout est de ta faute, tu croyais passer au travers mais ta sœur va payer pour toi ».

J'ai pu comprendre que la planque de Parpot était au nord de Béziers, en bordure du quartier des Venellous. Chassagne m'a dit mot pour mot « C'est le champ de bataille favori des bandes d'Arabes du coin. Il n'y a pas plus sadique que ces salopards. Je te conseille de faire des prières pour que ta sœur ne tombe pas sur eux... Parce que sinon, quand tu auras vu les photos de ce qu'il en restera, tu auras ta vie pour pleurer. Et malheureusement je manque de personnel pour la faire rechercher efficacement... »

Je me suis levée d'un bond, haineuse. Je l'ai insulté. Il m'a prise par les cheveux et m'a bombardée contre le mur en me traitant de petite salope.

J'ai une bosse sur le front, la pommette enflée et le nez déjà violet. Mon chandail vert est éclaboussé de sang.

Mais je la sauverai, je la vengerai. Je peux pas accepter ça ! Jamais je laisserai tomber l'Autre Moi-Même.

4 décembre 1992

André Pacheco – Détective
5, rue Riquet – 31000 TOULOUSE

À l'attention de Monsieur d'Hauricourt

RAPPORT D'ACTIVITÉ N° 01
Référence HH01 / 14 / AP / HAURICOURT

Notes liminaires :

Je vous précise que M. Chassagne a refusé de me transmettre la moindre information. Je ne dispose que des éléments entendus à la gendarmerie par Mme Courvoisier.

Avancement des actions engagées :

a) Avant le 04.12 :

La dernière lettre reçue de Parpot, portait la mention « Quelque part dans la Maison du Parc ». La résonance enfantine de cette adresse m'a décidé à aller rencontrer Mathieu Parpot. J'espérais qu'elle évoquerait chez lui un lieu où ils construisaient les cabanes de leur enfance. Je me suis rendu à Cahors. Mathieu Parpot est un jeune homme sérieux qui me semble avoir le sens aigu de l'Honneur et de la Patrie. Il est très abattu par ce qui arrive à son frère. Il n'a malheureusement pas pu me communiquer de renseignements significatifs.

Le cachet des deux dernières lettres de Parpot et le journal « l'Indépendant » m'avaient confirmé qu'il devait séjourner dans les environs de Béziers. Je suis arrivé dans cette ville le jour de l'enterrement de Mme Parpot. Sans le savoir.

Sont ensuite survenues l'arrestation et les informations entendues par Mlle Courvoisier.

b) Après le 04.12 :

J'ai pris contact avec un de mes amis pieds-noirs qui possède une grande propriété viticole dans l'Hérault. Grâce à son aide, j'ai pu rencontrer le directeur de la cave coopérative qui m'a indiqué les domaines en voie d'abandon aux portes des quartiers Nord de Béziers. J'en ai retenu trois que j'ai visités. Le deuxième était le bon. Valérie n'y était plus mais de nombreux indices signalaient sa présence passée. J'ai la certitude que les gendarmes n'étaient toujours pas venus enquêter là, deux jours après l'arrestation de Parpot !

La maison se composait d'un rez-de-chaussée avec quatre pièces distribuées par un couloir central. Il y avait quelques meubles endommagés et les traces d'une occupation récente. Un feu avait été allumé dans la cheminée. Le *Midi Libre* du 29 novembre traînait encore sur une chaise.

Le domaine en question jouxte effectivement un quartier très dangereux. Si Valérie a quitté à pied la maison du garde en direction de la ville, elle aura forcément traversé cette zone.

Le responsable local des RG que je connais bien, va mettre ses indics sur le coup. C'est un ancien de Constantine, un type efficace qui déteste tous ces fils de fellaga. On devrait obtenir rapidement des résultats.

Ces informations ne sont guère rassurantes. Je vous laisse juge de les communiquer ou non à Claudine Courvoisier.

Prochain rapport dans trois jours.

Ci-joint note de frais du 27.11.92 au 03.12.92

André Pacheco

EXTRAIT DU JOURNAL DE CLAUDINE COURVOISIER

5 décembre :

« Il faut espérer encore... » a dit Henri.

Comme si le rapport n'était pas assez clair. Il n'a plus d'espoir et je suis trop lâche pour survivre à ce qui va arriver. Je ne suivrai pas le corbillard, je veux mourir avec elle. Un soir prochain, je remplirai ma baignoire d'eau chaude, puis j'ouvrirai profondément mes poignets. Le bain tiède m'enlacera lentement, ce sera tout rouge comme j'aime, et j'attendrai calmement le moment de la rejoindre. La mort n'est rien quand elle vient à point. Tout s'apaisera autour de moi, j'entendrai ma respiration. Puis plus rien.

Valérie est morte à cause de moi, et j'ose même pas me faire croire que la mort l'a délivrée de souffrances inconnues. Qu'est-ce que je savais d'elle hormis ses promenades dans le parc et ses oublis ? Dire qu'à sept ans, nous rêvions d'être une seule et même personne ! Sans maman, sans nourrice pour nous garder, juste avec un papa qui se tuait à travailler. Valérie était si fière d'être née dix minutes avant moi qu'elle lui jurait chaque matin de bien me surveiller. J'entendais encore nos rires bêtes, et nos radio-crochets sans fin. L'une chantait, l'autre pas, puis l'inverse. Et à la fin, le rappel en chœur, à tue-tête, notre air préféré :

« Nous sommes deux sœurs jumelles
Nées sous le signe des Gémeaux
Ré sol fa mi ré do »

Nous étions si sûres que jamais rien ne nous séparerait que nous avions décidé de vivre dans la même maison, et de nous marier, d'avoir un enfant et de mourir le même jour puisque nous étions nées le même jour. Nous l'avions solennellement juré sur une croix de bois, faite de deux bâtons mal attachés et bénie en grande pompe dans l'évier de la cuisine.

« Nous jurons de nous marier le même jour de l'année
Toi avec le cadet, moi avec l'aîné
Nous jurons de vivre dans la même grande maison
Toi au premier, moi au second
Nous jurons de mourir dans la même heure blême
Toi la première, moi la deuxième. »

Je m'en rappelle encore sans hésiter. C'était une comptine que nous avions arrangée à notre façon.

Puis à l'hôpital, les blouses blanches ont tout cassé. Papa nous a abandonnées en route, et je ne suis pas arrivée à tenir tout ce que nous nous étions promis...

Je voulais me marier et faire revivre Valérie. Les premiers amours m'ont grisée, je les lui racontais en regrettant amèrement qu'elle ne puisse me confier les siens. Ceux qu'elle aurait pu vivre, elle. Comme ça aurait été bien !

Je ne la trahirai pas. Je partirai avec elle, le même jour qu'elle. Je brûlerai ce cahier où sont tous mes secrets, toutes mes colères, mes joies, mes hésitations. Comme elles venaient au jour le jour. C'était mon réconfort et mon défoulement.

Je m'étais jurée de ne relire ces pages que quand tout aurait été bien arrangé dans ma vie idéale. Je le brûlerai sans avoir jamais relu la moindre ligne. Ce sera mieux comme ça, et adieu.

« Nous jurons de nous marier le même jour de l'année
Toi avec le cadet, moi avec l'aîné
Nous jurons de vivre dans la même grande maison
Toi au premier, moi au second
Nous jurons de mourir dans la même heure blême
Toi la première, moi la deuxième. »

6 décembre 1992

Barthélémy Parpot
Prison Saint Michel – Cellule 208
31052 TOULOUSE Cedex

Henri d'Hauricourt
3, rue Croix Baragnon – 31000 TOULOUSE

Henri,

Je suis dans une petite cellule jaune avec un homme roumain qui ne sait presque pas parler le français et qui est très bizarre car il passe sa journée à s'arracher les poils de partout, même qu'il n'a plus de sourcil gauche et à peine du droit. Il connaît bien la faim et le froid comme moi et il dit que la prison en hiver est bien, mais tout a l'air plus difficile pour lui et ça m'étonne beaucoup. Je vais vous raconter ce qui s'est passé malgré la grande honte que j'ai de n'avoir pas rempli ma promesse, car votre carte postale où vous me tutoyez, m'a touché et j'aimerais bien que vous acceptiez de continuer à le faire. Je ne sais plus pourquoi désormais votre histoire que j'ai si mal accomplie peut arranger votre vie, d'autant que je l'ai racontée une fois aux gendarmes qui n'ont pas voulu l'écouter jusqu'à la fin car c'était des mensonges d'après eux. Ils m'ont même giflé à cause de cela quand j'ai voulu la recommencer même que c'étaient eux qui me l'avaient demandé et que c'est illégal, je le sais.

Alors il fallait que je nous venge et comme ça tout a commencé. C'était un soir où je voulais mettre le feu à l'immeuble. Geneviève Ménard m'a surpris dans le réduit des poubelles car elle descendait chercher son sac dans sa voiture. Je ne sais pas comment elle a fait mais elle m'a immédiatement reconnu. « Vous êtes Barthélémy Parpot » elle m'a dit avec un large sourire. Elle portait une robe en laine noire moulante, elle était jolie de bonheur. J'ai répondu « Oui, madame ». « Et vous cherchez évidemment à mettre le feu ici », elle m'a dit en regardant ma bouteille d'essence térébenthine et ma grosse boîte d'allumettes. Puis elle a haussé les épaules : « Vous n'y arriverez jamais comme ça ! » C'était vrai que j'avais peur de me brûler et que les épluchures ne s'enflammaient pas. J'ai pris peur pensant soudain qu'elle allait me dénoncer et j'ai cherché à m'enfuir. « Restez ici Barthélémy ! » elle a dit et j'ai plus osé bouger. « Il va falloir que nous discutions tous les deux, un de ces jours, car cette histoire est franchement stupide. » Elle s'est baissée pour ramasser de vieux journaux, elle les a froissés en une grosse boule, et tout en continuant à me parler, elle les a copieusement arrosés d'essence. « Vous viendrez me voir dans trois semaines à Durban dans l'Aude, à ma maison. Elle est toute blanche avec des volets bleus, la première à la sortie du village vers Fraisse. Vous l'apercevrez immédiatement en descendant du bus. Surtout n'oubliez pas votre pistolet ». Puis elle a mis les journaux dégoulinant d'essence dans la première poubelle. Je lui ai dit : « Je veux me venger de vous et de votre mari surtout ! Vous faire souffrir vous et votre mari comme Claudine et moi, on a souffert... Et je vous ferai comme votre mari a fait à Claudine parce que moi j'attends depuis trente-deux ans pour le faire, alors que votre mari il vous a pour le faire quand il veut et qu'il n'avait pas besoin de ma Claudine Courvoisier. » « Je vous le fais pas dire » elle a répondu mais pas fort. J'étais rouge de honte et mes mains tremblaient de sueur d'avoir osé lui parler de ces choses, à elle une femme en plus jolie, car j'en ai jamais parlé de ces choses sauf à moi souvent. Puis elle m'a répété de ne pas oublier dans trois semaines à Durban, le mercredi 5 novembre après-midi pour discuter de la vengeance, et elle a craqué une allumette et l'a lancée dans la poubelle. Tout s'est immédiatement enflammé et elle est remontée comme si de rien n'était.

Alors après je me suis mis la machination en tête, le viol pareil à celui de Claudine et puis le meurtre lent pour qu'il souffre bien. Pour vous débarrasser de cet homme infâme et que vous risquiez pas de le rencontrer dans les rues quand vous vous promènerez dans les rues enlacé avec ma Claudine Courvoisier de Novembre 1990, ce qui aurait gâché le bonheur. Après il m'a fallu l'objet pistolet et des instruments en fer pour lui pincer les seins et tout comme on avait fait à ma Claudine, et j'avais peur de pas y arriver avec mes doigts. Parce que ça aurait été la première fois et que souvent la première fois on rate ce qu'on fait. J'ai volé le pistolet à mon frère, et j'ai retrouvé les pinces en fer de mon père quand il en ramenait du dépôt en disant que ça pourrait bien servir un jour. Un jour enfin, c'était le jour de partir à Durban, j'y suis arrivé facilement et le bus m'a laissé devant la maison que j'ai reconnue. Je suis entré dans la maison, la porte était ouverte. Geneviève n'a pas eu l'air surprise de me voir. J'avais sorti le pistolet et je le tenais braqué sur elle pour pas qu'elle s'en aille. Elle m'a souri puis elle m'a demandé de m'asseoir sur son canapé, elle m'a pris le pistolet et ma veste sans que j'ose l'en empêcher et elle est partie à la cuisine faire du café. Elle est revenue très vite portant un plateau où elle avait posé deux tasses, deux verres et une bouteille de cognac, elle m'a dit « Tu aimes le cognac, Barthélémy ? » Avant que je réponde, elle s'en était retournée prendre une cafetière fumante de la bonne odeur du café chaud. Elle s'est assise à côté de moi et elle m'a parlé de ma vie comme si de rien n'était, malgré qu'elle connaissait mon projet de vengeance. Elle était douce gentille belle mince comme sur les journaux, avec le regard gentil en plus et la voix de télévision. Elle portait une sorte de robe de laine nouée sur le devant et souvent quand sa jambe bougeait, j'apercevais dès fois ses cuisses dans ses bas très fins et noirs. J'étais bien. Elle m'a parlé de tout et puis à un moment elle m'a demandé si je préférais les porte-jarretelles aux collants et j'ai dû lui avouer que j'en avais jamais vus en vrai, elle m'a dit « Mon pauvre Barthélémy ! Tu aimerais en voir une fois ? » J'ai peut-être fait oui de la tête, je me souviens plus mais elle a dénoué sa robe et l'a fait glisser à ses pieds. Dessous, elle était toute nue, sauf un petit soutien-gorge noir, une petite culotte à élastique en soie noire et les trucs qu'elle s'était mis exprès comme ça pour me les montrer. Alors le sang m'est monté à la tête. Je ne me contrôlais plus sans pouvoir faire le moindre geste. Elle était debout devant moi, si belle que les larmes se sont mises à couler de mes yeux. Elle s'est approchée. « Touche-moi ! » elle a dit. Le désir me brûlait mais ma main semblait peser plusieurs tonnes. Elle s'est penchée et s'est assise à califourchon sur mes genoux, puis prenant mes mains dans les siennes, les a posées sur ses seins et les a laissées lentement glisser jusqu'à ses hanches. J'avais les mains au paradis et je pouvais plus m'empêcher de pleurer tellement que je la distinguais plus. Pendant ce temps elle a commencé à m'enlever ma chemise et défaire la ceinture de mon pantalon, ce qui me gênait mais je pouvais pas l'empêcher car mes mains étaient collées sur ses hanches et le début de ses fesses. Après je me souviens pas bien de l'ordre des choses. On a été tout nu enlacé par terre sur son tapis épais et doux. Au bout d'un moment elle a pris mon... et on a fait la chose intime. C'était vite mais c'était bien merveilleux comme jamais j'aurais cru que ça existait sur terre. Elle est restée encore assise sur le tapis quelques secondes, puis m'a ordonné de me rhabiller car on pouvait me surprendre. J'ai pas compris mais j'aurais fait n'importe quoi qu'elle m'aurait commandé. Elle est allée me chercher la veste et m'a entraîné jusqu'à sa voiture. On a roulé très vite vers Lézignan et quand je lui ai dit qu'on avait oublié le pistolet et les instruments en fer, elle m'a dit qu'elle me les rendrait à Toulouse, que ça n'avait pas d'importance mais surtout que je continue à me cacher des gendarmes à cause de ma vengeance car s'ils m'arrêtaient, je ne pourrais plus me venger de Ménard. Après elle n'a plus eu d'essence et on a dû s'arrêter en prendre à la sortie d'un village, mais avant elle m'a bien recommandé de ne pas descendre de voiture. Toujours à cause des gendarmes. Il m'a semblé qu'elle exagérait mais j'étais toujours submergé de l'intimité que je venais de faire, vu qu'attendu depuis 33 ans. Après elle m'a embrassé sur les lèvres et m'a demandé de descendre dans une rue déserte, d'après elle à deux pas de la gare. Elle est repartie à toute allure sans se retourner une seule fois vers moi. Je me suis mis à marcher longtemps jusqu'au milieu de la nuit. Avec les heures mon bonheur a disparu car j'avais l'impression d'avoir trahi Claudine parce que bien sûr j'avais fait la chose avec la femme de Ménard mais que ce n'était pas comme une vraie vengeance aurait dû être, encore que la pauvre Geneviève n'était pas fautive des fautes de son mari sans scrupule. Je me suis dit qu'elle était peut-être une sainte qui a voulu racheter les fautes de son mari. Après j'ai erré partout et huit jours plus tard, je suis allé une fois à Durban mais la maison était fermée. Je suis revenu à Toulouse et j'ai commencé à pister Ménard. Mais il me fallait un pistolet car le mien était chez Geneviève. Je suis allé revoir mon frère qui sortait ce jour-là de la prison militaire mais on ne lui avait encore pas donné un autre pistolet. Il m'a dit que maman était malade. J'ai attendu pour y aller mais elle est morte avant. Et puis il y a eu l'enterrement et les gendarmes qui m'ont arrêté, j'étais malheureux pour Mathieu qui est si gentil avec moi, et soulagé que maman soit morte. Mais avant j'avais vu Claudine qui m'a poursuivi dans les petites rues et ça m'a montré qu'elle était toujours bien affligée parce que sinon une jeune fille bien comme elle ne doit pas courir dans les rues. Vous devez lui expliquer qu'elle ne doit plus jamais faire ça. J'ai eu très peur parce que ça aurait été horrible de devoir la rencontrer et de croiser ses yeux de près. C'est cette course qui m'a donné l'idée pour sa sœur et comme Claudine m'avait expliqué au sujet du Serment, j'ai finalement décidé d'emmener Valérie. Le soir-même je suis entré à l'hôpital sans difficulté et j'ai cherché la chambre de Mademoiselle Courvoisier. Je me suis caché dans la douche jusqu'à la nuit. Valérie a été gentille de rien dire. À l'aube je l'ai réveillée et pendant qu'elle s'habillait, j'avais le dos tourné. J'ai débloqué le verrou de la fenêtre avec mon couteau et on s'est échappé par le parc. On a passé deux jours dans la maison du garde à beaucoup rire et quand je lui disais que je connaissais Claudine, elle semblait pas la connaître et je m'inquiétais de m'être trompé de fille. Mais Valérie était gentille comme tout, et aussi j'étais persuadé que c'était bien sa sœur. Elle fait tout pareil que vous, elle rit quand on rit, elle a soif quand moi aussi, et puis elle vous dispute jamais puisqu'on dirait qu'elle se souvient de rien hormis son prénom. Elle se souvient même pas si elle aime le café sucré et il faut qu'elle goûte à chaque fois. C'est incroyable. Je l'ai soignée du mieux que j'ai pu parce que j'ai senti que je devais la protéger. J'ai fait des efforts comme jamais pour personne d'autre et elle a jamais dit merci de rien mais j'étais content quand même. Quand j'ai dû la quitter pour aller à l'enterrement de maman, je lui ai fait jurer de pas quitter la maison et je lui ai donné des haricots verts à trier parce que je savais qu'elle y mettrait beaucoup de temps et qu'elle penserait pas à autre chose tant qu'elle aurait pas fini. L'embêtant c'est que j'ai pas pu y revenir à cause de l'arrestation et malgré que j'ai dit aux gendarmes qu'il vaudrait mieux que j'y retourne. Ils ont pas voulu m'écouter, ils savaient pour Durban mais je comprenais mal leurs questions. Ils voulaient pas croire des choses comment elles s'étaient passées et moi j'ai répété comme ils voulaient que je leur dise. Ensuite ils m'ont dit que j'avais tué Pierre Ménard à Montaudran. Je savais même pas qu'il était mort mais ça m'a fait plaisir qu'on croie que c'était moi. Parce que même si je l'ai pas fait, l'important est que Claudine croit que je l'ai vengée. Comme ça elle comprendra bien que je suis pas un mauvais homme et qu'au contraire j'ai agi pour elle et pour vous.

J'ai dit que c'était moi mais j'avais du mal à répondre à leurs questions vu que je savais pas bien de quoi ils me parlaient. Ils s'énervaient souvent et disaient que j'étais fou ce qui n'est pas vrai.

Il faut que vous m'écriviez mais surtout que vous ne montriez pas ma lettre à Claudine à cause du passage de Durban, car elle serait malheureuse que je ne l'ai pas bien vengée. Par contre il faut bien qu'elle croie que j'ai tué Ménard et vous pourriez peut-être lui dire, si vous pensez que ça peut lui faire plaisir, qu'en tirant les balles j'ai crié « de la part de Claudine Courvoisier ».

Voilà toute la vérité. Je ne sais pas si elle vous aidera à être heureux comme vous le dites dans votre lettre, mais moi elle ne me rend pas malheureux. Je donnerai demain ma lettre à l'avocat parce que le gardien ne vous l'enverrait pas tandis que l'avocat est gentil avec moi, même s'il ne me croit pas. Je vous donne mes amitiés.

Barthélémy, votre ami

EXTRAIT DU JOURNAL DE CLAUDINE COURVOISIER

8 décembre :

J'ai relu trois fois le passage où Barthélémy raconte sa virée avec Valérie. J'aime la façon dont il en parle. Je le sens proche d'elle. Comme un enfant le serait d'un bébé. Moi je n'ai aucun doute, je sais qu'il dit la vérité. Dire que je craignais qu'il lui fasse du mal ! Et aujourd'hui elle est perdue, peut-être entre les mains de voyous dangereux ou dejà plus de ce monde, parce que Barthélémy ne peut plus la protéger. Le Destin continue à s'amuser de moi ! Mais qu'il en profite bien car je serai bientôt plus son jouet. Le rideau va tomber et les sœurs Courvoisier s'endormiront définitivement avec leur papa et maman !

8 décembre (Minuit) :

Henri est KO ! La lettre de Barthéhemy l'a achevé. J'ai dîné avec lui, il n'a émis aucun commentaire sur Geneviève. Moi j'ai rien dit. Il faut qu'il se le vive jusqu'au bout. Il ne peut pas toujours avoir le beau rôle. Faut dire que le pauvre chéri croyait avoir passé un merveilleux après-midi avec Sainte Geneviève, et le voilà qui découvre que c'était Ginette Borgia. Et en plus sa nouvelle grande amie est la maîtresse de Barthélémy Parpot ! On imagine le must ! Ça lui a fiché un coup au moral, mais moi, ça m'aurait plutôt fait du bien.

Il m'a balbutié des trucs sur Valérie, en hésitant, avec des manières si polies qu'il en devient insupportable. En fait ce type me rend folle, il est toujours à me raconter des patins et couffins dont je me fous, et pour une fois qu'il avait dix milliards de choses à dire, il s'est contenté de caresser le pot de moutarde avec son index à la recherche des mots introuvables. Je suis pas en plâtre, on peut me causer aussi. De toute façon avec ou sans lui, l'addition va se payer. Cette salope d'infirmière anesthésiste ne passera pas au travers ! Elle va ramasser pour toutes les petites blouses blanches qui se croient impunissables ! Des semaines qu'elle est l'innocente victime et moi l'infâme méchant petit canard. Des semaines que je me morfonds d'angoisse pour elle, à plus dormir les nuits, à pleurer la mort de son mari. C'est à cause d'elle si Valérie en est là. Elle nous a bien eus à tous, mais elle va bientôt comprendre ce que c'est que la peur. Je sauverai Barthélémy et je me débarrasserai de tous ceux qui ont fait du mal à Valérie. Et puis de moi. »

À l'attention de Geneviève Ménard
Service Psychiatrie – Chbre 34
1 rue Mozart – 31700 BLAGNAC

Chère Madame Ménard,

Quel dommage d'avoir commis cette petite erreur ! Tout était si bien arrangé ! Vous en veuve éplorée, lui au fond de son cercueil, l'autre au fond de sa prison. Après un mois, vous auriez courageusement fait front, empoché la monnaie et repris la vie avec les jeunes et jolis garçons, les palaces et les avions... Et tout ça va finir dans une cellule sordide pour un misérable petit détail oublié ! Quinze ans de prison, c'est horriblement long, on en sort à 55 ans, seule, moche, ridée, vieillie, aigrie, sans ami et on en prend pour vingt ans de solitude dans un HLM de banlieue. Je vous plains beaucoup ! Enfin rien n'est tout à fait perdu car heureusement pour vous, ce petit détail et mon silence ont un prix. À très bientôt.

Un Ami qui ne veut pas
que vous terminiez votre vie en Prison.

REGISTRE DES URGENCES DE L'HÔPITAL DE BÉZIERS NORD (EXTRAIT)

9 décembre 92

21 h 05 : M. Palussi, 2 rue Mesplé, Bzrs : Accident circulation rue Daurat/Samu 22/Service réanimation, Dr Renum.

22 h 15 : Deux hommes (non identifiés) en état d'ivresse/amenés par Police 223/Piqûre par infirmier de garde/Installés sur lit pliant dans hall attente.

22 h 22 : J. F. (sans identité, prénom Valérie) veut entrer à l'hôpital. Examen Dr Gérard/RAS/S'accroche à sa blouse blanche/Renvoyée.

23 h 50 : Mme Aubert, 5 av. Serres/crise diabète/admise Serv 35.

le 10 décembre 92

André Pacheco, Détective
5, rue Riquet – 31000 Toulouse

À l'attention de Monsieur d'Hauricourt

RAPPORT D'ACTIVITÉ N° 02
Référence HH02 / 14 / AP / HAURICOURT

L'enquête est difficile. Aucun raisonnement logique ne permet de deviner ce qui dirige les actes de Mlle Courvoisier. Dans le quartier des Venellous, les indices sont restés muets. Cela ne veut pas dire qu'elle n'y est pas. Une rencontre isolée et une séquestration peuvent longtemps passer inaperçues.

Nous fouillons les alentours côté vignes. Dans les hameaux proches, aucun témoignage n'a pu être retenu.

Nous enquêtons également dans les foyers et autres abris publics. La gendarmerie ne déploie aucun moyen sérieux pour rechercher Mlle Courvoisier, mais je puis vous assurer que mes amis des RG font le maximum pour tirer la petite des mains de cette racaille.

Si dans une semaine, je n'ai toujours pas identifié de piste, il sera plus raisonnable de stopper mes investigations.

Salutations distinguées,

André Pacheco

CAHIER D'ENREGISTREMENT DU COMMISSARIAT DE BÉZIERS (EXTRAIT PAGE 8)

N° 11 - 11.12.92 - 15 h 50 :

Jeune fille amenée par le père blanc Herbert Rheinerts, 2 rte de Pamiers à Saint-Girons qui déclare que la jeune femme le suit depuis des heures. Il dit ne rien pouvoir pour elle et semble excédé de l'avoir dans les jambes. La jeune femme ne parle pas. Elle ne déclare aucune identité sauf se prénommer Valérie. Elle reste prostrée et se contente de caresser la robe du père Rheinerts. Signalement : 1m65, blonde, cheveux courts, yeux bleus, porte une blouse rose et des sandalettes grises à élastique. (En attente de décision.)

CAHIER D'ENREGISTREMENT DU COMMISSARIAT DE BÉZIERS (EXTRAIT PAGE 9)

N° 1911.12.92 - 18 h 30 :

Disparition de la J.F. (N° 11, page 8). Absente de la salle d'attente au moment où on a voulu la conduire chez l'inspecteur Dumas. Aucune remarque du gardien.

EXTRAIT DU JOURNAL DE CLAUDINE COURVOISIER

13 décembre :

On a retrouvé Valérie.

Je sais pas encore comment. Ça m'est égal. Je sais qu'elle est en bonne santé et aussi bête qu'avant. Il paraît qu'elle se rappelle de rien. Tu m'étonnes Simone ! Sûr que c'est parfois pratique de tout oublier instantanément ! Évidemment c'est pas comme dans les beaux films où à la fin, après dix mille galères, la muette parle et l'aveugle voit. Ici le légume reste le petit légume mais moi je l'adore pareil.

le 13 décembre 1992

André Pacheco, Détective
5, rue Riquet – 31000 Toulouse

À l'attention de Monsieur d'Hauricourt

RAPPORT D'ACTIVITÉ N° 03

Référence HH03 / 14 / AP / HAURICOURT

Affaire terminée : Valérie Courvoisier retrouvée saine et sauve.

Dans l'après-midi de vendredi, un enquêteur des RG a eu l'idée de compulser le registre du commissariat central. Sans la rigueur professionnelle de cet homme, l'enquête aurait sans nul doute longtemps piétiné.

À partir de l'information concernant une certaine Valérie amenée par un père blanc, j'ai émis l'hypothèse que le moyen de pénétrer l'esprit dérangé de la jeune fille était le « blanc ».

Le rapport mentionnait qu'elle caressait la robe du prêtre. On pouvait supposer que Valérie, qui vit depuis des années dans un hôpital psychiatrique, s'y sentait en sécurité. Elle y était entourée d'infirmiers en blouse blanche sans doute plein d'indulgence et de patience avec elle. Alors perdue, égarée dans la ville, elle va vers ceux qui s'occupent habituellement d'elle.

Restait à préciser comment Valérie pouvait croiser des blouses blanches dans les rues de Béziers. J'ai mis Teulet sur la piste des laborantins, des cuisiniers, des bouchers, des docteurs et infirmières. Peu d'entre eux gardent leur habit de travail en ville, mais on ne devait rien négliger. J'ai gardé pour moi une dernière idée un peu farfelue mais plaisante. Nous étions samedi. Les mariages devaient se succéder à la mairie. Je suis allé traîner sur le parvis où sont photographiées les mariées dans leur magnifique robe blanche.

De loin, j'ai vite vu ce couple avec une fille collée derrière eux. En bas des marches le photographe faisait de grands signes excédés. Le marié riait, il essayait gentillement de repousser la gêneuse qui revenait sans cesse vers eux. Je me suis lentement approché d'eux. J'ai calmement pris Valérie par le bras et je l'ai emmenée. Elle n'a manifesté aucune résistance sauf par son regard qui restait rivé sur les mariés. Nous sommes arrivés à l'hôpital. Comme je vous l'ai dit au téléphone, les premiers examens n'ont révélé aucun traumatisme. Ni physique ni psychologique.

Autres développements :
Je vous remercie d'avoir gardé, comme convenu, la lettre de Parpot confidentielle jusqu'à ce jour. Je suis sûr que vous tenez à voir innocenter Parpot. Pour l'instant nous avons la parole de Parpot contre celle de Mme Ménard. On peut deviner sans peine qui a toutes les chances d'être cru. Comme ce n'est pas Chassagne qui vous aidera, vous avez tout intérêt à vous en remettre à moi. Je ne vous demanderai pas d'honoraires, simplement le remboursement de mes frais de mission. Ne croyez pas que je sois devenu philanthrope, je règle simplement un léger différend avec Chassagne.

Si mon offre vous agrée, je vous demanderai de ne pas encore divulguer la lettre. Je pense apporter la preuve matérielle de l'innocence de Parpot d'ici à trois jours. Dans l'attente de votre décision,

Recevez, Monsieur, mes salutations distinguées.

André Pacheco

N° 2228099
Banque de France
BDF 2 000,-
DEUX MILLE FRANCS
à M. PACHECO
Payable à
PARIS-MALHERBES
1 place gén. Catroux
75017 PARIS
Compensable à
PARIS
Toulouse le 14 décembre 1992
P 511527 45
M d'Hauricourt Henri
50 rue Gambetta
31000 TOULOUSE
⑈2228099 ⑈034010001016⑆057216411427⑈

EXTRAIT DU JOURNAL DE CLAUDINE COURVOISIER

14 décembre :

Valérie va bien. Nous nous sommes offert un retour de Béziers en péniche. Sur le canal du Midi. Elle ne m'a rien dit de ces derniers jours. Elle est elle-même.

Allongées sur nos transats, on regardait les platanes qui couraient au-dessus de nos têtes. Ça va tellement lentement ces bateaux qu'on aurait presque pu compter les feuilles. Le marinier commençait à reluquer Valérie. Elle est si mignonne ! Son regard sonne bien sûr un peu creux mais je finis par me demander pourquoi elle n'aurait pas une vie normale. J'aimerais tellement la voir avec un enfant lui courant dans les jambes. Je me chargerais de l'éducation, elle jouerait tout le temps avec lui, il serait vachement content. Du moins jusqu'à deux ans. Après avec les Lego, ça se compliquerait un peu ! Mais inutile de rêver, si j'étais pas sa jumelle je pourrais pas la supporter les deux jours entiers d'un week-end.

Le rapport de Monsieur Pacheco m'a fait du mal, surtout l'histoire des blouses blanches. Il a l'air de dire que le bonheur de Valérie est d'être avec ces gens. Avec ses bourreaux. Avec ceux qui l'ont précipitée dans le malheur. Comme si apporter un repas dans un plateau en inox tous les midis pouvait effacer leur négligence ! Aujourd'hui encore, ils sont là à me donner des avalanches de fausses explications, mais il y en a pas un pour verser une larme ou avouer s'être une fois trompé... Pas un de ces irresponsables pour être autre chose qu'un irresponsable.

15 décembre :

J'espère qu'Henri ne va pas avoir le toupet de laisser Barthélémy en prison. Je mets un point d'honneur à ne pas aborder la question la première mais je serais sacrément déçue si je suis obligée d'agir seule pour sauver Barthélémy. Il sait que Parpot est innocent, et l'Amie de sa grand-mère vouée à perpète. Mais il ne décide rien, lui d'habitude si prompt à agir pour le bien de l'humanité. Je voudrais pas qu'il se complaise comme un minable.

Pour l'instant je vais continuer mes petites manigances. C'est risqué... Je sais que les lettres sont pires que les allumettes, mais je vois pas comment faire autrement.

Quant à l'avenir et même si tout est fini entre nous, j'aimerais autant qu'Henri n'apprenne jamais que c'est moi qui ai envoyé « l'Amie de sa grand-mère » derrière les barreaux. Question de souvenir à laisser ! Le problème c'est qu'à part lui filer la trouille, à Geneviève, je n'ai aucune preuve contre elle. Si elle craque pas tout de suite, elle craquera pas. Elle a dû réfléchir que ce serait sa parole de veuve éplorée contre celle d'un débile mental qui a écrit partout qu'il allait lui faire la peau. De toute façon, ma décision est prise. Encore une ou deux lettres, puis je lui donne un rendez-vous, je convoque les flics et on verra bien si elle se pointe avec de l'argent. Auquel cas, il faudra bien qu'elle s'explique. Pourvu que les flics acceptent de venir !

Je ne me suis jamais sentie aussi entourée d'ennuis. Quand je pense que mon astrologue m'a dit que j'allais vivre le plus beau jour de ma vie le 22 décembre, c'est-à-dire dans dix jours, j'ai du mal à le croire... Il va falloir que les amis Neptune et Mars donnent un grand coup de collier parce que moi, je me sens plutôt mal partie.

Quoi qu'il en soit, cette histoire du « plus beau jour de ma vie » ne me plaît pas trop, car ça veut dire que tous les autres seront moins bien.

À l'attention de Geneviève Ménard
Service Psychiatrie – Chbre 34
1, rue Mozart – 31700 BLAGNAC

Chère Madame Ménard

Maison de Repos ou Maison d'Arrêt ? Où est la différence ?

Vous dans l'une, Barthélémy Parpot dans l'autre... Tout peut si vite changer !

Je ne suis pas un fanatique de Justice, alors 50 000 F en coupures de 200 F me convaincront de ne plus vous importuner. À très bientôt !

Un Ami qui espère que vous ne terminerez pas votre vie en Prison.

16 décembre 1992

Monsieur Pacheco, Détective
5, rue Riquet – 31000 TOULOUSE

À l'attention de Monsieur d'Hauricourt

RAPPORT D'ACTIVITÉ N° 04
Référence HH04 / 14 /AP / HAURICOURT

J'ai le plaisir de vous informer que ma mission a parfaitement réussi. Dans les prochains jours, avec l'aide de l'avocat, nous prouverons l'innocence de Parpot au juge d'instruction.

Actions menées :

J'ai passé ma première matinée à patrouiller dans toutes les stations-service se trouvant entre Durban et Lézignan. J'ai expliqué aux commerçants que j'enquêtais sur une affaire de trafic de chèques et de cartes bleues volés. Ce genre d'argument a un succès assuré. J'ai pu compulser les copies des chèques et des facturettes encaissés le 5 novembre par ces commerçants. Tout règlement en espèces ruinait évidemment ma démarche. C'est à la quatrième, à la station *Antar* de Thézan, que j'ai recueilli la précieuse information : une facturette type Carte Bleue de 156 F signée Ménard, numéro correspondant, datée du 5 novembre à 17 h 15. À l'heure où précisément, elle a déclaré avoir été agressée.

Ce commerçant se souvient même du type assis dans la voiture avec un habit de curé et un regard bleu inquiétant. Il s'agit de Monsieur Ernest Longueville, gérant de la station *Antar*, route de Lézignan, 11470 Thézan (tél 68 43 45 74). Vous trouverez ci-joint copie de la facturette, preuve du mensonge de Mme Ménard.

J'ai ensuite rapidement quitté les Corbières pour suivre une piste pressentie à Toulouse. Il me semblait important d'avoir une idée du mobile qui a poussé Mme Ménard, afin d'asseoir définitivement l'innocence de Parpot.

Je suis allé voir la secrétaire de la SEREMIP, Bénédicte Féron. Une jolie blonde un peu voyante que j'avais rencontrée quand j'étais en affaires avec Ménard. Sa façon de me regarder avec hauteur m'avait alors laissé supposer qu'elle était plus que sa secrétaire.

Elle habite un petit appartement assez coquet, près du Mirail. Elle m'a reçu sur le pas de la porte, très méfiante. Elle ne voyait pas pourquoi un privé se mêlait de l'affaire maintenant que Parpot était en prison. Je n'ai eu qu'à ajouter « Oui, mais pas son complice ! » pour que sa porte s'ouvre toute grande. Elle est paniquée par cette histoire.

Elle a presque spontanément avoué qu'elle était la maîtresse de son patron depuis six mois. D'après elle, Ménard allait divorcer pour l'épouser. C'est un vrai mobile mais difficile à prouver. J'ai poursuivi mes investigations pour évaluer la crédibilité de cette hypothèse. Le contrat de mariage des Ménard et la modeste origine sociale de Geneviève laissent présumer qu'un divorce aurait été catastrophique pour elle. Sans enfant, sans revenu et sans bien personnel, elle se serait retrouvée dans une situation difficile.

La lettre de Parpot devient pour elle une occasion inespérée. Elle s'empresse de rencontrer Claudine pour flairer la situation et localiser Parpot. Puis la chance la sert. Elle le trouve dans son immeuble, et tout s'enchaîne : le rendez-vous de Durban, le faux viol, la récupération du pistolet de Parpot. Quelques jours plus tard, elle exécute son mari en observant minutieusement les détails donnés par Parpot. À partir de là, Parpot n'a quasiment plus aucune chance, le système judiciaire bâclera l'affaire, et si besoin est, Chassagne en toute bonne foi la soutiendra. En plus, l'hôpital lui fournit un alibi qu'aucun des surveillants ne démentira.

Conclusions :

Le dossier rassemblé assure l'innocence de Parpot et la quasi-certitude de la culpabilité de Geneviève Ménard.

Ci-joint note de frais du 11.12.92 au 16.12.92.

Salutations distinguées,

André Pacheco

16 décembre 1992

Hervé Chassagne Gendarmerie Nationale
Place Lafourcade
31400 TOULOUSE

Madame Geneviève Ménard
Service Psychiatrie – Chbre 34
1, rue Mozart – 31700 BLAGNAC

Geneviève,

Je dois t'avertir que tu vas recevoir une convocation du juge Bertrand pour une confrontation avec Parpot. J'ai essayé de retarder au maximum cette rencontre, mais elle est maintenant devenue indispensable à la conclusion du dossier.

Ne t'inquiète pas, le juge connaît ton état et ce sera très rapide. Il te suffira de reconnaître formellement Parpot. Les détails gênants te seront épargnés. Je t'accompagnerai moi-même et je resterai avec toi durant l'entretien.

À bientôt,

Hervé

17 décembre 1992

À l'attention de Geneviève Ménard
Service Psychiatrie
Chbre 34, 1 rue Mozart
31700 BLAGNAC

Chère Geneviève,

Il m'est toujours impossible de vous joindre dans ce centre, aussi dois-je me résoudre à vous porter ce pli.

J'espère que vous saurez deviner le nom de l'ami qui vous écrit et ne pourra signer. J'espère aussi que vous devinerez ce qui ne peut être trop clairement exposé dans cette lettre.

Je vous écris en souvenir de ce bel après-midi où j'avais partagé de réels moments d'amitié avec vous. Mon honneur de gentilhomme ne peut tolérer qu'un innocent paie à la place d'un autre. Je dois vous avertir que j'ai en ma possession le moyen de sauver un homme injustement accusé. Je vais le faire le 19 décembre, dans deux jours.

Je ne cherche pas à vous inquiéter ni à vous juger. L'amitié que ma grand-mère vous accordait, et cette infime incertitude qui plane encore sur cette affaire, m'encouragent à vous faire confiance et à vous donner votre chance.

Allez de vous-même affronter la Justice ! Soit pour vous disculper soit pour la rendre plus clémente. Une solide explication efface les sous-entendus, un repentir sincère adoucit les peines.

Si vous avez besoin d'argent, osez m'en demander.

Je vous fais mes adieux et vous souhaite beaucoup de courage,

Votre dévoué,

PASSENGER TICKET AND BAGGAGE CHECK

FLIGHT COUPON 1 OF 4

MEXICANAIR

18 DEC 1992 20190553 SITI FR

PARIS PARTKRZ

MENARD/GENEVIEVE

Menard Genevieve

TOULOUSE/PARIS

X MADRID/MEXICO

AZ 355 K 18 DEC 1992 OK

NON MODIFIABLE/NON REMBOURSABLE

K4Q8YZ

TOUL/PAR AZ CAG.00RZ PAR/MAD/ RE100/MAD/MEXICO/OREN ROG.01211 XT

TOULOUSE/PARIS

X MADRID/MEXICO

FRF00002000

FRF000045QX

FRF000123XT

FRF00002168

20K

05501356392645

1 055 2105032130 4

1 055 2105032130 4

La Dépêche du Midi

REBONDISSEMENT DANS L'AFFAIRE DU MEURTRE DE MONTAUDRAN

Il y a une semaine, nous vous informions dans nos colonnes de l'inculpation de Barthélémy Parpot pour le meurtre de Pierre Ménard, le jeune P-DG de la SEREMIP, retrouvé assassiné dans sa voiture de plusieurs coups de pistolet. L'homme avait été appréhendé car de lourds soupçons pesaient sur lui comme les lettres de menaces qu'il avait adressées à sa victime. Aujourd'hui, c'est libre qu'il est ressorti de la gendarmerie de Rangueil où il avait été conduit pour un nouvel interrogatoire et une confrontation avec un témoin. En fait, M. Parpot a pu être innocenté du viol de Mme Geneviève Ménard qui semble avoir tout mis en scène elle-même, afin de désigner ensuite Parpot comme étant l'assassin de son mari. Le jour du crime de Montaudran, le prévenu a pu fournir son emploi du temps et les gendarmes sont en train de rechercher des témoins qui corroboreraient ses dires. Leur conviction est cependant établie puisqu'ils n'ont pas jugé utile de garder Barthélémy Parpot une nuit de plus. Il est évident que l'enquête va maintenant se focaliser sur Mme Ménard. Cette dernière a quitté avant-hier la maison de repos où elle séjournait depuis le viol qu'elle prétendait avoir subi. À l'heure actuelle, elle semble avoir disparu. Le juge Bertrand a signé un mandat d'amener à son encontre.

Décembre 1992

Barthélémy Parpot
52 rue d'Espagne
31100 TOULOUSE

Monsieur Henri d'Hauricourt
3, rue Croix Baragnon
31000 TOULOUSE

Monsieur Henri

Je suis sorti de la prison et j'en suis content. Je vous remercie d'avoir voulu me consoler ma vie en me disant que Claudine avait menti et que ce viol de Claudine de ma part n'en serait pas un, comme si Ménard n'était pas coupable. Je sais que vous êtes un ami vrai comme jamais j'en avais eu, et que vous avez convaincu Claudine de me pardonner le viol de Monsieur Ménard. Mais ma vie avec Claudine n'est plus possible non plus parce que j'ai fait un rapport avec une autre femme, et qu'il est important et obligatoire pour un homme d'être fidèle toujours à la femme qu'on a eue. Monsieur Ménard est mort mais c'est juste sauf que Claudine n'a pas été vengée par moi comme ça aurait été vraiment juste. Maman est morte elle aussi et c'est pas juste parce qu'on avait pas à se venger d'elle puisqu'elle n'avait jamais fait du mal et qu'au contraire elle en a reçu. Je suis encore malheureux de la vie dans ma tête qui frappe de plus en plus fort. Mais j'ai promis à ma maman dans mon rêve de mener une vie normale avec un travail et des responsabilités. Et aussi des amis et des petits enfants qu'elle n'a pas connus. Je ne crois pas que je vous reverrai un jour car je ne peux pas rencontrer Claudine jamais et c'est dommage de ne pas profiter de son seul ami qu'on a dans la vie. Mais voilà.

Barthélémy Parpot

21 décembre 1992

Henri d'Hauricourt
3, rue Croix Baragnon
31000 TOULOUSE

Claudine Courvoisier
8, rue de la Trinité
31000 TOULOUSE

Ma chère et tendre amie,

Que d'aventures traversées depuis que vous vîntes dans mon bureau, gobelet tremblant entre vos doigts charmants. Je vous écris pour vous dire ce qu'il me serait si doux de vous murmurer mais je préfère vous imaginer dans la solitude de votre petit studio, étendue sur le canapé de nos premiers amours, et lisant ces quelques lignes.

Hier soir, dans le calme retrouvé d'une longue flânerie sur les bords du canal du Midi, j'ai fait trois vœux :

Un) que vous veniez à Florence avec moi,

Deux) que vous deveniez ma femme dans une petite église de Toscane,

Trois) que désormais je vous dirai « tu ».

Je me rappelle souvent tous les difficiles moments que nous avons traversés ces dernières semaines. Malgré les folies de tous, ils étaient doux et calmaient souvent les tourbillons, les inquiétudes, les jalousies que nous avions dans nos têtes. Désormais je nous sais libres de cet entourage stupide, et se consacrant l'un à l'autre et l'autre à l'un, nous conquerrons le bonheur et son tendre ennui. Je n'ai point de projets plus précis à t'écrire aujourd'hui. Je préfère les rêver avec toi, et les vivre calmement au fil des jours en compagnie des deux « Autres Moi-Mêmes ».

Je t'aime de toute mon âme, et n'ai jamais senti autant combien je te suis attaché. Permets-moi, mon cher ange, de languir la réponse que tu feras à mes vœux. J'ose espérer que tu seras la fée qui les exaucera. J'ai la plus vive impatience qu'il soit demain,

Ton Henri

EXTRAIT DU JOURNAL DE CLAUDINE COURVOISIER

22 décembre :

C'est le Jour Merveilleux, Magnifique et Épatant,

C'est le Jour Heureux, Mirifique et Rantanplan,

C'est le plus beau jour de la vie des Verseaux ascendant Gémeaux nés au 45° Nord entre 5 h 12 et 6 h 25 !

C'est-à-dire et entre autres, Moi Claudine Courvoisier, dite de Novembre 1990.

Bon jusqu'à dix heures, rien de rare. Je m'étais levée à six heures pour pas en louper une miette mais rien, nada, nothing, nichts. Vive l'Europe. Dix heures, c'est le facteur. L'enveloppe longue et toilée, blanche, était dans la boîte. J'ai pas tout de suite reconnu l'écriture d'Henri.

Quand je l'ai ouverte et que j'ai lu un) puis deux) puis trois), j'ai failli m'évanouir. J'ai enfourché le nuage, et j'ai rêvé tout haut. Je crois que je suis restée collée au plafond.

Florence, Florence... moi qui ne suis jamais sortie de France, que pour aller en Andorre, au Pas de la Case.

Bonheur du Verseau ascendant Gémeaux, et Roteauteaux ! Super extra sensationnel. Le pied. Même si je devais être malheureuse, trompée, piétinée pour le reste de ma vie, ces heures passées me dédommagent par avance de tout. Henri, tu peux me fouler au pied, me cracher au visage, m'insulter devant Martine, tu ne me feras jamais autant de mal que tu viens de me faire de bien.

J'ai pas vu passer l'après-midi. C'est seulement à la nuit tombée, que je me suis dit qu'il pouvait arriver. Affolement dans la penderie et le tiroir des culottes. Maquillette, rimmel, sourire lumineux, bandeau dans les cheveux et je me suis retrouvée prête et archi-prête alors qu'il n'avait même pas dû commencer à s'habiller. L'angoisse m'est montée. Heureusement que dans ces moments-là, il y a mon vieil ami au fond du tiroir, le casier rouge de tous mes secrets. Je l'ai vite sorti pour tout lui raconter. En attendant la sonnerie.

Demain si tout se passe bien jusqu'au bout, j'irai voir Valérie et je lui annoncerai que tout va recommencer comme avant. Je lui offrirai une robe rouge, elle sera heureuse elle aussi.

Et s'il venait pas, s'il m'avait fait une plaisanterie, un pari avec des copains de son monde pour voir la bécassine qui mord à l'hameçon en or qu'on lui tend... Non c'est pas possible. Mais c'est pas possible de pas être arrivé à vingt heures trente-cinq quand on attend la réponse où s'engage toute la vie. Zut, l'astrologue a dit que ce serait le plus beau jour de la vie des Verseaux ascendant Gémeaux nés au 45° Nord entre 5 h 12 et 6 h 25 ! Ça peut pas devenir le plus horrible. C'est pas possible. Bon je vais raconter comment je vais m'habiller pour le mariage. Non ça va me porter la poisse. Faut surtout pas tenter le diable. J'entends du bruit. Des pas qui montent. Ça y est, quelqu'un vient de sonner. Je compte jusqu'à trois, je finis d'écrire la phrase jusqu'au bout qui va me porter chance et je vais OUVRIR.

Le 12 janvier 1993

Monsieur Barthélémy PARPOT
52, rue d'Espagne
31100 TOULOUSE

Monsieur le Directeur de l'I.T.R.N.

Monsieur le Directeur,

J'ai faim et froid, je n'ai pas d'argent, je suis logé très modestement dans un appartement que m'a donné l'assistante sociale pour commencer. J'aime une femme qui s'appelle Geneviève Ménard que j'ai rencontrée dans les Corbières en Novembre 1992 et que je n'ose pas fréquenter parce que je ne travaille pas et que je n'ai pas d'argent. Je n'ai eu qu'un seul rapport intime avec elle et avec les autres femmes en général. Malheureux maintenant, je ne veux pas d'autres femmes car j'aime à la folie cette jeune femme Geneviève Ménard de Novembre 1992. Je n'ai jamais vécu par manque d'argent et manque de travail, l'important serait que je puisse au moins avoir ma femme Geneviève car dans la vie, c'est important d'avoir sa femme qui serait Geneviève Ménard de Novembre 1992, mon épouse pour la vie. Je suis comptable de niveau bac supérieur et je suis ami avec Monsieur Henri d'Hauricourt qui travaille lui-même à durée indéterminée. J'ai 33 ans qui est un âge important pour un homme qui veut faire maintenant sa vie comme les autres et surtout se marier avec Geneviève Ménard de Novembre 1992 et lui faire trois enfants dont Henri d'Hauricourt sera le parrain du premier et vous du deuxième si vous en êtes d'accord. Si jamais vous la connaissez, voudriez-vous m'écrire car actuellement je la recherche partout dans la rue, nuits et jours et je continuerai ainsi toute ma vie jusqu'à ce que j'ai un autre rapport avec elle. J'y pense tout le temps, et aussi à ses hanches avec mes mains dessus. Si vous avez un travail à Durban dans les Corbières, je veux bien aussi car on m'a dit qu'il fallait de la mobilité pour la durée indéterminée et je veux bien aller vivre à Durban. Tout cela peut vous énerver Monsieur le Directeur mais Monsieur Henri d'Hauricourt vous donnera de bonnes informations sur moi, en particulier que je suis sérieux et volontaire.

Voilà Monsieur le Directeur, je me suis renseigné sur vous, et je vous écris parce qu'on m'a dit que vous étiez un Directeur sérieux qui ne violait pas son personnel. C'est pourquoi j'ai décidé de m'en remettre à vous SEUL,

Barthélémy Parpot

Des histoires d'amour pas comme les autres

Philippe Jaenada
Néfertiti dans un champ de canne à sucre

Titus aime Olive, une fille rencontrée dans un bar. Olive adore s'habiller en robe transparente, rester trois jours sans manger, puis dévorer trois coquelets au petit déjeuner, se taire pendant une semaine. Elle est sans tabou mais pleine d'innocence, va et vient au gré de ses coups de blues et de ses coups de bambou. Mais elle a peur qu'on l'abandonne aussi. C'est mal connaître Titus.

Partagez nos découvertes !

Des histoires d'amour pas comme les autres

JEAN-MARIE GOURIO
L'eau des fleurs

Les habitués du petit café sont réunis autour des patronnes, la Mémé et sa fille Louise. Ils sont là parce qu'on enterre Camille, "le Camille à la Mémé et à Louise". Une fois de plus, elles vont se démarquer de la masse bêlante des conformistes. Ce qu'elles vont faire, jamais personne n'aurait osé le faire. Mettre un téléphone portable dans le cercueil du mort. Lui dire des mots doux. Des toujours. Des regrets. Les derniers potins aussi…

Partagez nos découvertes !

Cet ouvrage a été composé par
PCA - 44400 REZÉ

IMPRIMÉ EN FRANCE PAR BRODARD ET TAUPIN
3448 – La Flèche (Sarthe), le 01-08-2000
Dépôt légal : août 2000

POCKET – 12, avenue d'Italie - 75627 Paris cedex 13
Tél. : 01.44.16.05.00